时间的痕迹

妙瓜 著

陕西新华出版

太白文艺出版社·西安

图书在版编目（CIP）数据

时间的痕迹 / 妙瓜著 . -- 西安 : 太白文艺出版社，
2025. 2. -- ISBN 978-7-5513-2907-1

Ⅰ . I227

中国国家版本馆 CIP 数据核字第 20255JA649 号

时间的痕迹
SHIJIAN DE HENJI

作　　者	妙　瓜	
责任编辑	黄　洁	
封面设计	青年作家网	
版式设计	徐媛媛	
出版发行	太白文艺出版社	
经　　销	新华书店	
印　　刷	永清县晔盛亚胶印有限公司	
开　　本	787mm×1092mm　1/16	
字　　数	168 千字	
印　　张	22.5	
版　　次	2025 年 2 月第 1 版	
印　　次	2025 年 2 月第 1 次印刷	
书　　号	ISBN 978-7-5513-2907-1	
定　　价	68.00 元	

如有印装质量问题，可寄出版社印制部调换
联系电话：029-81206800
出版社地址：西安市曲江新区登高路 1388 号（邮编：710061）
营销中心电话：029-87277748　029-87217872

自 序

岁月流转，总会在无声无息中留下痕迹。本诗集记录了在近两年时间里，我对生命痕迹的梳理和总结。我试图通过诗歌这一艺术形式，将这些宝贵的瞬间凝固成永恒；也希望我的诗歌，能让更多的人感受到时间的珍贵，理解时间的意义，珍惜时间的美好。

时间，这个永恒而神秘的存在，它于流淌中给每个人的生命都留下了深深的烙印。这些烙印，或深或浅，或明或暗，构成了我们生命中最宝贵的经历。时间可以是日升月落、四季更迭的自然现象，也可以是人生百态、世事沧桑的深刻写照。时间可以是轻盈的蝴蝶，翩翩起舞在青春的枝头；也可以是沉重的磨石，将我们的棱角一点点磨平。时间可以是温馨的回忆，让我们在岁月的长河中寻找那份不变的温暖；也可以是残酷的现实，让我们在其流逝中感受到生命的无常。

在创作这些诗歌的过程中，我尝试了多种表达形式，包括抒情、叙事、哲理等，来体现不同的情感和主题，从而让读者感受到时间的多样性和丰富性。可以说，我的诗歌创作是于忙碌的生活中停下脚步，静下心来聆听时间的呼吸，感受生命的脉动，提醒自己珍惜每一个瞬间，要用诗意的眼光看待这个世界，用思考去探索生命的真谛。

我在时间的河流中捡拾的贝壳或许并不完美，但那些瞬间、那些情感、那些思绪，会有一部分在纸上得以复活，也算是对自己生命痕迹的一次深情回望与诗意诠释。

这些诗歌的写作也让我深深地感受到，虽然时间带走了许多美好的事物，却也留下了无数值得珍藏的回忆。因此我想说，这本诗集不仅仅是我的诗歌作品，它也是我与时间的一场对话。我希望通过我的诗歌，能启发更多的人去思考关于时间的问题，去珍惜时间的美好，去创造属于自己的美丽人生。

在创作过程中，我遇到过许多困难和挑战。有时，我会因为找不到合适的词语来表达自己的情感而感到迷茫；有时，我会因为对某个主题的理解不够深入而感到困惑。但是，这些困难并没有让我放弃，反而激发我更深入地思考和探索。我相信，只有经历过挫折和困难，才能更好地理解生活，创作出更有深度的作品。

在创作过程中，我得到了许多人的支持和帮助。我的家人和朋友一直是我最坚实的后盾，他们的鼓励和支持让我有勇气面对困难和挑战。我非常感谢他们。

最后，我要特别感谢青年作家网汪家弘主编及各位老师的鼎力相助和精心指导，使我在创作过程中受益匪浅。

妙　瓜

2024 年 7 月 21 日于杭州

目　录

第一辑　岁月之痕

第二辑　节气的使命

第三辑　希望是一束光

第四辑　七月的风吹过

第七辑　黄昏的宫殿

第八辑　河边的清晨

第九辑　生命的海

第十辑　回忆像一瓶二锅头

第十一辑　十月的兰花草

第十二辑　心灵的翅膀

第十三辑　时间隧道

第十四辑　诗画清凉峰

第一辑　岁月之痕

梢头还在展示斑斓之美

地上已躺满残损的落叶

季节是手指

大地作琴弦

听不见的乐音

在弹奏

时间的痕迹

荒野上的寒雨

从风的唇齿间溢出

妄图挽救枯萎的向日葵

降温了

给心也穿上一件棉袄

梢头还在展示斑斓之美

地上已躺满残损的落叶

季节是手指

大地作琴弦

听不见的乐音

在弹奏

时间老人

竟洞悉我

心中的一切

时间驿车的轮子

在他眼里

转动

一年的最后一天

一觉醒来

窗外阳光灿烂

日历，只剩最后一页

时间不知不觉在笔尖下溜走

留下的句子

常令自己感到汗颜

回首，无形的路

交织的网

我像一缕弱风，不知所措

在缝隙里穿梭

日子平静

却时有彷徨

种下的一粒种子

忽然

冒出两叶细芽

多么想体会一下

春风吹开花朵的

刹那

凭窗，与风儿嘀咕心里话
期盼，挂在
银杏挺拔的梢上
于想象中还原它叶的金黄
背景，是万里无云的天
蓝蓝的海

感恩是个暖心的词
我把诗行
写在枝头上
伴阳光一起温暖地流淌
新的向往
在心头飞扬

元旦的曙光

一

天边一抹曙光

匆匆在路上

把黑夜甩于身后

头也不回一下

或许，它的眼里根本没有黑夜

攫住我目光的

是一团

火红渐入白炽的演化

我身体里涌动着许多

压抑不住的渴望

一座看不见的火山在喷涌

黎明将去年与今年

做了一个完美的切割

灰烬留在了过去

日子重新开始

时间的痕迹

今天或今年

是昨天或去年的延续

除了变老，我什么也没变

但已回不到原来

天空过于辽阔

把万物衬托得如此渺小

当阳光

照射一切空缺时

阴影萎缩

并躲进角落

二

阳光像春天一样温暖

景区人满为患

我望一眼窗外

转而在屏幕上

浏览大好河山

朗朗乾坤，一派祥和气象

冬天的颜色确显老态

像经历一场漫长旅途后

疲倦且步履蹒跚

我独自在日历上流连
把远去的岁月
翻录成一张唱片
桃红柳绿，今春来得迟一些
但还是要
重新许一个心愿

三

新年第一天，感觉一切都是新的
晨风的脸上挂着笑容
阳光涌入心窗
跃出地平线的跫音轻轻回荡
那么
梦想也该是新的

新的希望燃起
旧的渐渐消散
心跳的韵律意味深长
愿阳光温暖地球的每一寸土地

时间的痕迹

愿风儿轻拂世间的每一片叶子

愿每一个清晨

都有充满希望的呼吸

所有的梦想

都能尽情绽放

大约是我许的愿过于普通

阳光不动声色

我是它普照的一部分

从身体到内心

在接受温暖中

也感受到暖融融的

一年之始

悟

时光在日历上挥手

多少悲喜

于回首中怅惘而去

人们似乎已等不及了

各种颂词、祝福、联欢

迫不及待地献给

即将来临的新年

一年的尾声，还能延续若干小时

这一年

悟出了什么？

硝烟、废墟、失落的眼神

每一次忘记或视而不见

都是一次心泉的

枯竭

云躺平了，它说要随风

风原地打了一个转，潇洒地走了

我望云兴叹

蓦然看见

枝头

几片残黄

于风中瑟瑟飘零

落叶

于地上安眠

岁月

从不计较得失

那我还计较什么？是否可以

在枯枝上画几朵花儿

永不凋谢

旧　事

时光的船

于这一刻抛锚

思绪潮起，不由自主地回觅

电子钟无声，指针悠悠

转动着

淡淡地忘却

那些身影，有你，有他，也有我

渐行渐远却又如此清晰

旧痕若一缕风

从指缝间

散出

又于脑海里会师

总有一些温馨的瞬间

钻进回忆里轻吟

时间的滤镜

把一切

都渲染成泛黄的影像

时间的痕迹

时光的过客，心里

也装着许多忘不掉的

过客

每到岁尾时

陈年旧事

总又萦绪泛起

执　念

常青树被寒潮侵袭

憔发如一团乱麻，于风中

摇曳

太阳疲倦的目光偶尔扫过

那些执着的念头，依然

在叶尖闪烁

落叶乔木，可以无遮无拦地

眺望。坚信上苍

会兑现旧去新来的诺言

在一年之界的边缘

我们都等待着

下一个春天的温暖

执念，化作一艘船

在时间的河流里

漂泊

都说岁月如歌，却总有

那么多的悲欢交织

时间的痕迹

如风吹过

灵魂里隐约藏着一个蓬勃的世界
其细节，似过眼烟云
任其飘散吧
反正，还要一如既往
行我所行
爱我所爱

过小年

小时候

过小年要祭灶

我们因此

获得很多好吃的食物

炊烟里

弥漫着快乐

长大了

过小年依然要祭灶

我们不再为获得食物欣喜

而孩子们

沉浸于鞭炮声中嬉戏

欢天喜地

以前

墙上贴个灶王爷

意思意思

后来

人间烟火都改成煤气了

祭品

该供何方神圣呢

今年过小年

天下着雨

隔壁徐奶奶购物回来

收起伞，跺跺脚

搓搓双手说：

"这鬼天气，湿冷湿冷的"

年根底下

街道上，车水马龙，繁华喧嚣

春联、爆竹、花袄、红灯笼

映衬着

辞旧迎新的喜庆

高速路上，车流涌动，归心似箭

驾车的人，被风吹得心焦

漫不经心的雪

轻轻飘

车站、码头、空港

人们的脸上泛起春潮

回家的喜悦

把泪光模糊成一片

灯火璀璨的晚上

夜色沦落为灯光秀的陪衬

总有一些有家不归的人

舍弃自我，成全了他人的团聚

扫除了墙上的蜘蛛网

却于心里编织出

千丝万缕的

牵挂

除　夕

今夜无月光

几束烟花

在夜空，显得格外绚烂

长街冷落，把一切

都让与万家团圆的

一桌年夜饭

几声久违的爆竹

像在挑战禁燃令的威严

没有形成此起彼伏的接续

听不出多少欢谑

倒是听出

些许蹑手蹑脚的胆怯

与之相形的春晚

尽情在渲染

岁岁欢声笑语

不出所料的话，几小时后

会在一首耳熟能详的歌声中落幕

时间的痕迹

今天的年龄将成为历史

其实，元旦那天就已确定

但打心眼里有点

抗拒

过了今晚

再也找不出抗拒的理由

小时候喜欢守岁

因为有新衣服、糖果、压岁钱

轮到我给孩子发压岁钱时

会冒出许多盼头

好日子总是骗我说

它在前头等我

现在，守岁时常昏昏欲睡

恍惚中去某个地方"走了两步"

一件无厘头的事

也可产生绵长的回味

电视里说了啥

已不重要

春 水

春节，故乡下起了雨

雾蒙蒙的苍穹下

羞涩的山茶花、孤傲的蜡梅

也在偷窥

故乡的春节是水做的

毛毛雨说了许多甜言蜜语

无须听，仅一眼

即看穿它的心

没有袅袅炊烟的田园

却怀抱一泓明珠般美丽的湖泊

如今城市长壮实了

童年的影子

在几条仿古街里游荡

欣慰的是，那湖

出落得越来越美了

无论在雨丝里，还是在波光、雾霭中

都隐约可以见到，那双

初恋的眼睛

雨　雾

雨，正经历一段感情的纠葛

时断，时续，纠结了两天

电视里，一名男孩在雨中等待

心爱的女孩没有出现

他仰起脸，任由雨丝

泪吻

树叶闪着亮晶晶的眼

雨雾像梦幻一样笼罩着这个城市

梦幻终归是梦幻，生活

需要从阴霾中走出来

希望明晨醒来

我会惊喜地看到

曙光透过窗帘照进屋来

手机里的祝福排山倒海

表情包泛滥

推开门，四周静悄悄

淅淅沥沥的雨声

代替了

锣鼓、鞭炮、人海

许多话

可以对雨说

雨听得专注时

暂时忘了下

我转过身，它回过神

又接着下

迷　藏

清晨，稀落的雪
和大家捉了个迷藏
天空旋即摘下口罩，笑了

阳光用温暖的手抚摸大地
水面微波轻舞
如一块银缎，掩盖掉
一些秘密

生活的诡异就在于
静候冷空气的冲击波
扑面而来的，却是
冷空气无影无踪的消息

实在无法抗拒阳光那耀眼的眸子
于是，我伸个懒腰
把眼睛给了大地
把心情给了春天
把祝福，给了所有我爱着的人

宅 家

大年初三，宜宅家

今日宅家，也宅得名正言顺

赤狗是无缘遇见了

邻家的巴儿狗却在楼道里

不合时宜地汪汪叫

偶有叽叽喳喳的鸟语

自枝柯深处飘来

阳光漫游时，也友好地

光顾室内一隅

既宅则安，于是

一杯茶，袅袅弥漫着宁静

书架案头，堆砌的文字

每一本都写着我宅家的理由

年　味

降温了，西湖结了薄冰

据说钱塘江也是

年味似乎也忌惮这肃杀的气氛

气温裹挟了人们的兴趣

在冰面上小心翼翼

如果鼓起寒风中上街徜徉的勇气

你会收获空灵而深邃的心音

错过的喜庆

如一出蹩脚的小品

看不到笑点

阳光患了早期白内障

所以看到的俱是这个世界的朦胧

它去搜寻印象中满地炸碎的红纸屑

并以为司空见惯的广场舞

是狂欢的社火

景区挤满了人

在一排排晃悠的红灯笼下

摩肩接踵。他们不像是来看风景的

倒像是一群结跰者，来此寻找

心中的悟

祈　财

喜庆的气氛说来就来了

一夜之间

骨里红梅绽满枝头

沉寂的山道上

人头攒动

时间的痕迹

冰冷的天气挡不住祈财的热忱

北高峰上热闹起来

财神庙张灯结彩

喜迎八方客

招财纳福祈平安

上苍绘出愿景

苍生开始梦想

生活，就是翻过这一峰

然后，重新起航

钟声撞响的那一刻

疲于奔命的人们

忽然听到了财神爷的召唤

心里不由得生出一种

奇妙的快乐

乡　愁

我在美丽的西子湖畔流连

童年的梦在斑白的鬓上蔓延

天使和花朵结伴而来

笑容如阳光一般

溢满脸

我在广袤的沼泽里跋涉

未来的梦在黝黑的土地里发芽

理想与青春做伴

乡愁随安静下来的冰河

一同雪藏

春晚的一支舞蹈又一次解冻了它

外婆家的"碇步桥"

是用木墩构成的

它已随时光的流逝

不知去向

为什么身在故乡

还有一种说不出来的乡愁

如无处不在的"暗物质"

逢年过节，会从眉头

涌上心头

破 五

几个分类的垃圾袋，被拎出门
像几截过完的日子
好或坏，顺心的或不顺心的
都找到各自的归属

除夕至初五
对于垃圾来讲
是一段不断积累并等待命运的
漫长时间

终于可以长舒一口气
可回收的，找到了循环
不可回收的，到了终点
不再为此纠结了

我也轻松地舒展一下双臂
该清扫的清扫
该扔掉的扔掉
还等什么呢？一切都"破"了

初 六

那年正月初六

日子借数字的光

逢六，大顺

处处呈吉兆

喜鹊也解人意，临窗喳喳叫

母亲心情特别好

这个日子，她看什么都顺眼

做什么都顺心

我不小心打破了一只碗

她笑着说："万事顺遂（碎）

万事顺遂……"

今天，又到正月初六

这么巧

又打碎了一只碗

再也没有人说：万事顺遂

我看着碎碗

心碎了一地

第二辑　节气的使命

春雨敲打窗棂

夏风拂过田野

秋风黄了银杏，红了枫叶

冬雪覆盖世界，一片洁白

生命的序曲周而复始

种子结下硕果后又酣然入梦

节气的使命

万物呼吸的节奏里

循环着自然生命的进行曲

时间的脉搏

化作风霜雨雪

朦胧了岁月的轮廓

春夏秋冬

诉说着生命短暂而又永恒的秘诀

春雨敲打窗棂

夏风拂过田野

秋风黄了银杏，红了枫叶

冬雪覆盖世界，一片洁白

生命的序曲周而复始

种子结下硕果后又酣然入梦

二十四节气

一个古老文明的密码

刻在历史的齿轮上

驱动着四季的轮转

雨水滋润了希望

惊蛰唤醒了沉睡

清明寄托了哀思

端午承载着情怀

每一个节气，都有它的使命

如同每个人，都有自己的轨迹

学会与自然和谐共处

在喧嚣的世界中保持内心的宁静

时间的痕迹

芒　种

时雨如诗，田野里绿影婆娑

钢筋水泥的城堡里

看不见耕种

睡莲在精心呵护的床上

伸着懒腰

梅雨勾引蛙鸣

只等蛙一开口

蝉即集体伴唱

蝴蝶会不失时机地翩跹

"夏至"也会闻讯赶来

不同的视角有不同的美妙

心酸和辛苦

不过是生活的调料

一曲《芒种》

穿过雨丝袅绕

乌米饭

乌米饭里有豌豆、成肉碎和胡萝卜丁

香气与色彩邂逅，晶莹剔透

春的沉醉，夏的朦胧

于一碗饭里温柔

小时候妈妈说，这是立夏饭

我那时只贪图它的味道

现在回味，恰如露珠

在叶尖上闪烁

那么美妙

明前茶

沏上一杯龙井新茶

窗外绿意盎然

杯中，又缓缓展开一段春天

一浓一淡

绿色在交谈

谷雨远去，春色留不住

杯中留住了它的魂

萌生的芽

悄然在心中生长

坝子桥

一座桥的历史里，藏着许多故事

一株不如它古老的树

守护着它

也成为一个故事

踏上斑驳的石阶，走进时光的海

贩夫走卒，肩挑背扛

与我擦身而过

古往今来，有时仅隔着一念

风

风厌倦了吹口哨，去轻拨琴弦

叶子随旋律起舞

鸟儿在幕后多声部合唱

蝴蝶翩翩，寻觅喜欢的对象

蜻蜓二话不说

直接立在叶尖上欣赏

风忘情了，抚琴的手停停歇歇

它抬头看看暗淡下来的天

似乎在说：真扫兴

雨滴忽然落下来，砸在

风的兴头上

柳　枝

梅樱桃李轮番亮相时

你默默萌芽

而今，自信地松开发髻

长发披肩而下，无须

戴一朵花来点缀

再轻轻地摇一摇

婀娜的腰肢

堤上的人醉了

水中的鱼醉了

山川湖泊都醉了

时间的痕迹

落 日

它被众人盯看得不好意思起来

脸涨得通红，把羞涩藏进了水里

湖面也跟着红了

船在红扑扑的水面转了个弯儿

泛起一个酒窝

离远处山脊还有一杆子高的时候

近处一株大树一口衔住了它

叶子顷刻涂满了口红

为这一时之美

树不动声色地等了一天

更有许多镜头在忙着捕捉

不拒绝眼睛的直视

并接受各种角度的留影

是最妩媚的时候

也是一天最深情的回眸

小　草

这时节是最惬意的时候

褪去了稚嫩的外表

与向往一起在旷野里自由地生长

如果不幸生长在园林

也无须悲哀

你会被营造成一片美丽的绿茵

受到保护，不许践踏

但也必须为此付出代价

时时被修剪，以保持平整一致

时间长了，就习惯了

时间的痕迹

雨　后

天打鼾时，唤来了雨

雨配合得恰到好处，鼾止雨停

房前屋后的树

噙满泪花

潮湿的空气托起斑鸠的呼声

嗓音含糊不清，像嘴里含着异物

它缺少一副好嗓子

还背负着"鸠占鹊巢"的名声

空气清新了不少

脑子忽然也清醒了许多

看见，一把时间

从指缝中流走

夏　至

阳光仿佛是被注入了魔力的

一把剑，斩断

稀落的雨丝

穿透阴霾的面纱

以一种近乎神圣的方式

让万物在它的照耀下焕发出勃勃生机

麦穗摇曳着大地的脉搏

稻穗抓紧充实饱满的颗粒

田野里到处跳动着

生命的节奏

野花，也为大地

增添了一抹亮丽的色彩

村头荷塘，荷花在等待

它在等待朦胧的月色与蛙声蝉鸣

还有一条通往天堂的银河

那是一个少女的梦想

怀揣着希望

夏至已至

夜色不得不缩短它的黑暗

哪怕就这么一小段

光明在前，快去追逐

一个生动而美丽的世界

端　午

端午，一个悠久的文化符号

正逐渐改变它的原始模样

留下一些娱乐

不再拘泥于形式

只顾装点生活的欢畅

粽子的清香在味蕾上舞蹈

请随心所欲，不必遵守约定的时光

龙舟冲向终点，桨随鼓点起落

齐刷刷地搅碎

古老的梦想

日历上，有许多凝思

历经了两千余个端午节的过往

却从不张口

沉默是金，传递

一根不辱使命的接力棒

我把美好的记忆都留在了童年

雄黄在额头画王

香囊于胸前把心情绽放

那时很快乐

因不懂汨罗江

屈　原

思绪随一条江，静静流淌

《天问》之余音，于灵魂深处跌宕

祭奠的

仅是一个名字吗？不

我们一直在追随中一起求索

宇宙的奥秘与真理

你带着永恒的谜题

请流水解答

流水与时间为此着迷

忘了路上的风景

斗转星移，脚步声

唤醒了多少沉睡的魂魄

浩瀚的星河

浩渺的大海

都知道答案。否则，为什么

星光迎接曙色

海洋接纳江河

时间的痕迹

每年，这个闪耀的名字

都会在心底激起波澜

停下匆忙的脚步

问自己，何去何从

当然，答案早在心中

但仍需时时提醒

龙 舟

当催人奋进的鼓点擂响

一种文化的神韵

在历史的长河上

疾驰

劈波斩浪

龙头高昂

扬起五千年文明的辉煌

桨带节奏，水溅玉珠

演绎

众志成城的力量

竞速，破浪，争先，追梦

我听到华夏大地的心跳

一条条激情燃烧的巨龙

把中华民族扬眉吐气的心音

唱响

一场比赛

远超出竞技的意义

龙舟

激荡出未来的信念

和谐远航

粽　子

小时候，我吃的粽子

都是奶奶、姥姥、妈妈的手艺

那时候不知道

香糯的米粒里，不只有馅

还浸满了爱

长大了，我也学会了包粽子

我把儿时没读懂的爱

裹进青绿的叶子里

希望我的孩子们

能品出来

当孩子们也有孩子了

粽子已屈身于平常食物的行列

市场上随处可见

不同口味的粽子

味道依旧软糯香甜

无论粽子如何变迁

但中华文化的感情符号

已深深烙进每一个中国人的心里

记忆里的味道

一直飘溢着亲情的美好

艾　草

你在原野里，宛若含蓄的少女
身姿在风中轻舞
对着大地深情地呼吸
奇香弥漫一片

浓郁的生命，带给夏日
沁人心脾的清凉
毒邪逃遁，瘟疫远离
岁月露出笑脸

雄黄酒，赛龙舟，粽叶飘香
家家洒扫庭院
敬你于门楣堂前，就是希望你
尽情吐纳

思念如艾香缕缕，随风飘远
这世上，总有一种东西
永远不会被万水千山
隔断

雄黄酒

黄色的液体

在我的记忆里流淌

淡淡的忧伤

飞进那条不息的汨罗江

长辈往节日里注满风情

祭祀，佳话，一壶雄黄酒

虫毒闻之而逃

岁月静好

鲜花盛开，河水潺潺

我荡着秋千飞向蓝天

一个美梦

醒来，头顶堆满雪

那杯黄色的液体

早已融入历史的长河

蟋 蟀

昨夜

疑似听见

树下蟋蟀短促而胆怯的叫声

今晨

翻开日历

忽然明白

节气

都藏在虫儿们的心里

七·七

这么巧

小暑与公历的这个日子相遇

我不能不为那些

为国尽忠所献出生命的烈士

默哀

我在心里唱起《大刀进行曲》

刀上的寒光

映出一个民族的脊梁

铭记

是为了不再重演悲剧

寒　露

今日寒露，有关它的叙述美好如诗

昨夜的雨，混淆了今晨的露

亚运捷报频频，随晨雾推窗而入

袅袅凉风，雨过天晴

天色像一条御寒的毛毯

雁阵未至，谁来为我传送家音

蝉虫噤，叶犹青，泛起黄晕

静谧中，稻穗垂下头，柿枣醉红了脸

这样的日子似乎不属于我

我不属于收获季

我只是路遇

寒露却盛情地扑入我的眼里

我现在喜欢冬季，那里离春季更近

金秋的画卷未及欣赏

心已踏上冰雪之旅

立春的阳光下，风是温柔的希望

第三辑　希望是一束光

黎明前的黑暗里

希望是一束光

我必须把它点亮

······

心灵的沼泽是一个猜不透的谜

常于闪电的瞬间

听见灵魂的低语

希望是一束光

黎明前的黑暗里

希望是一束光

我必须把它点亮

企图给生命增加时间

而时间在黑夜里消逝

心灵的沼泽是一个猜不透的谜

常于闪电的瞬间

听见灵魂的低语

夜色继续以昏睡的假象掩护时间的消逝

难以挽留的忧伤

在视线达不到的尽头

漫无目标地寻找

我是生活的苦行者

忍不住边走边四处张望

晦暗的前方

有人在晨跑

时间的痕迹

一米阳光

阳光很温暖，只照进一米
阳台就这么大
一直将身体隐匿在门窗内
仿佛室外有个幽灵在徘徊

曾选择自我封闭与世隔离
但怎么能够拒绝光明的来临

大地在晨辉中明晰
我握住阳光的手
内心的深海
平静而不再浪涌

好想找人说说话
不知道为什么
却想起了玉龙雪山
那泄下的一米阳光

睡　前

睡前，我向一天告别

明天是连绵的山脉

或是深蓝的海

那入口在梦醒处

我将生命中的点滴都存进记忆中

每一分钟都值得珍惜

不经意度过的时光

当它们消失在我幡然醒悟时

不禁会想，明天

还会与今天一样吗

明媚的阳光、蔚蓝的天空、飘逸的云

都源于白天的温柔

夜色沉落，时间消逝

难以言表的内心

装得下一个孤寂的世界

城市里熟悉的喧嚣安静下来

渐入睡眠

我的感觉截然相反

竟然害怕夜的黑暗

重燃希望的那一刻

我不再恐惧

希望做一个无畏的勇者

通往明天的路

必须穿越黑夜的长廊

错 觉

水面漾起一圈涟漪，接着又是一圈

水下游弋着快乐的鱼

谁说它们的记忆只有七秒？我不是鱼

但可以肯定，它们不懂我的

迷茫，也不懂人类的担忧

更弄不懂

人类，为什么要把锋利的钩

藏进美味的饵中

脆弱的自信

常陷入恐惧的幽境

魅影重重

而鱼儿却有着简单的快乐

天气简单得没有一丝风

有叶子坠落

没有外力的作用

真正的自由落体

是放松的、无束缚的凋落之美

有人充满疑惑，有人坚信不疑

如果我还是十八岁的年龄

我也会像鱼儿一样快乐

阳光下

芸芸众生

渴望光的照耀

我们曾怀揣遗憾

生活的尘烟，终鼓舞我们重新雀跃

我们热爱生活，热爱一切

并不仅限于这是个美丽而多彩的世界

也不仅仅是为了活着，而是要用手托起一个

破壳而出的希望

通往未来的路并非都是鲜花铺就

阳光就在晴空之上

如此温暖，光明坦荡

张开双臂吧

恐惧将不再是我们前行的向导

命　运

我在低谷的时候常感叹命运

而在顺风顺水时又归功于运气

与大多数人一样，对"运"常陷入

抱怨与期盼、无奈与顺从的

怪圈

今年本命年

我没有勇气做牛夫子笔下的蓝兔

也早过了流氓兔新奇顽皮的年龄

我只能继续做一只温顺的

老白兔

这几天在无声蔓延的恐惧中

感觉有些错乱

羊儿简陋的荆扉

难挡众多来客

食肉啃果啄米者

都来体验咀嚼草料的滋味

我在圈外犹豫

至少现在还有吃胡萝卜的自由

我想不出高瞻远瞩或完美的方案

还是交给命运

让它替我做主吧

时间的痕迹

爱我所爱

这个时节的落叶已严重失水，命如纸薄

像一曲风烛残年的咏叹调

将一生的爱

都揉进了光合作用的反应式

把养分还给曾养育自己的树

不留一丝遗憾

土地在等着腐烂它

风雨雷电都在为它的腐烂推波助澜

树根和虫豸

都在盼着享用它有机质的盛宴

而我，煞有介事地在

苦吟一首粉饰它腐烂的颂歌

我没有良知吗？非也

我感觉不到落叶的心痛吗？也不是

但我得顺应大自然的规律

划开生活粗糙的表皮

流出来的，并不全是鲜血

叶的一生

闪烁过许多灼人的理性火花

孱弱的生命都是渺小的

但正是其中渗透出的温暖

明媚了这个世界

时间的痕迹

下雪了

气温骤降，街上更冷清了

风在街角打了一个旋

卷起几枚枯叶，贴地翻滚，越滚越远

城外清凉峰已是白雪皑皑

我盘算着是否去体验一下银白世界

雪晶却悄悄来了

肉眼难以分辨的细粒

时不时地贴上脸颊

且继续向下

吻向脖颈

这让我想起了四十年前的美好时光

那里的雪，落地不化

踩上去，嘎吱嘎吱地响

似乎在说，我践踏了它的圣洁

它说它的，我装聋作哑

正想着，一粒雪晶钻进眼窝

瞬间融化

时间的痕迹

公交车

早晨，从始发站上车

车上空无一人

司机很友好，也不失幽默

调侃说，今天为你开专车

途中零星有几位乘客上下

抵达终点，剩我一人

确实有点专车的感觉

我向司机挥了挥手

终点站在市中心，却人少车稀

岁月像几页薄薄的纸

写满了静好

生活却是一场堂吉诃德式的游戏

我最近总是怀旧

忽然想起那些人流如潮的日子

襁褓中的海棠

孤山东麓那一块向阳的

开阔地，枯黄色的草坪

宛如宁静的沙滩

海棠们于此结成一个村落

安营扎寨

每年春天，她们都以粉嫩的笑脸

在山与水、蓝天与绿茵之间

扮演配角或主角

我忽然想看看她们襁褓中的样子

一片隐约的浅红

酣睡于时光的安静里

在等一场雨的洗礼

在等一缕风的唤醒

同时，也在等

去年某日此门中的那个人

西 瓜

殷红的瓤

被心血浇灌过

被烈日熔炼过

甜蜜，是成熟的滋味

一块沙瓤足以让舌尖陶醉

黑色的籽粒点缀其中

是在向一切有感知的生命宣示

它成长的艰辛

感受夏日的骄阳

接受每一缕微风的温情，还有

西瓜清凉的抚慰

每一口都惬意在心

西瓜的一生，如同人一生的写照

幼苗、青葱、煎熬、奉献

瓜熟蒂落，是送给生命的礼赞

当品咂那一口甜蜜时

还有什么理由

不让所有的烦恼都成为过去

时间的痕迹

第四辑　七月的风吹过

七月的风蹑手蹑脚

穿过梅雨

吹散伏暑

在闷热与凉爽之间和一把稀泥

炽烈的阳光下

它也吹走我心中的惆怅

空气中弥漫的花香，嬉笑着

迎接轻风细雨姗姗来访

七月的风吹过

七月的最后一天

树梢于热浪下纹丝不动

风去八月报到

留下一个无言的月末

七月的风蹑手蹑脚

穿过梅雨

吹散伏暑

在闷热与凉爽之间和一把稀泥

炽烈的阳光下

它也吹走我心中的惆怅

空气中弥漫的花香，嬉笑着

迎接轻风细雨姗姗来访

台风露出狰狞的獠牙

惊醒每一个美好的遐想

这无风不起浪的告别

会不会是一个不平静的暗号

窗前的银杏树

它一直站在我的窗前，那么近

几乎触手可及。美妙的身姿

遮蔽了骄阳的锋芒

也成功占据了

我探头即见的视角

翠色层叠，轻盈，飘逸

风来时，碧影婆娑

洋溢无限生机

它是一株年轻的银杏树

深秋，它与落日余晖媲美

时光被镀上丰硕的金黄

如同人生

茂盛时节盼着果实

与愉悦、开心相比

辉煌才是成功的顶点

但我还是喜欢它夏日的模样

充盈了活力，凝眸远方

时间的痕迹

繁枝与阳光互动

快乐地唱着一首自娱的歌

绿或金黄

于树，是一年

于人，则一生

所以，我珍惜银杏的

每一片绿叶

每一瞬渐变

用心品味

生命的美好和珍贵

成熟的积淀，成长的感悟

都会不约而同地深情回眸

那青涩的时光

河坊街

相伴的那条河

已悄然流进历史的尘埃

而长街，还剩下一半

隐匿于城市的繁华一隅

仿古的屋檐下，挂着

现代的、舶来的、古为今用的华丽牌匾

门前幌若霓旌

招徕形形色色的客官们

散出兜里的碎银

我从这条古老而又仿新的街上走过

依稀记得那木楼的某一角

一根根探出窗外的晾衣竿

炊烟在岁月的风中袅袅飘散

历史的沧桑，并未镌刻下

它许多真实的容颜

却成功打造了一张古色而又商业化的名片

时
间
的
痕
迹

烈日炎烤在街上，再无

联袂成荫的行道树为它们遮蔽光焰

入伏头一天

沉闷的心情，等待风的抚慰

蒸气，从皮肤的毛孔里渗出

阳光的箭镞，每一道都绑着火焰

没有它射不到的地方

蝉声听起来既疲惫又多此一举

万物并未沉睡

你要唤醒谁？

庄稼在蒸笼里催生果实

让人明白，生命除了坚忍外

还须忍受煎熬

这是一种神秘的魔力，意味着成长

说来可笑，我期待每一天日出

但此刻，却盼望

夜幕早些降临，晚风徐来

轻吻脸颊

时间的痕迹

往事缠绵

一场雪，在梦中纷纷扬扬

青春，钻进一片青纱帐

梦来如潮水

往昔如云烟

留不住的流年

把回味，留给醒来

心中的涟漪开始漫延

万般柔情总如影随形

往事千回百转

容颜已旧

尘土掩处纵然留痕

也早已暗淡

月色清凉了白日的暑热

记忆像闪烁的星光

往事的影子

越拉越长

夏之心语

夏木阴阴，叶盛极一时

林荫道上，我毫无防备地

从心底涌起一首

落叶纷飞的诗

目光不由自主地瞄向

头顶上的层层叠翠

想着，其实一切都早就明了

百虫低语，吟诵它们的生命诗篇

万物褪去浮华，尽显自然真情

我闭上眼睛

聆听这自然界的律动

它并不在乎这茂盛的短暂

而是把希望寄托于饱满的果实

一种无声的心语

弥散在林荫道的每一个角落

生命之树

生命之树的荫下

一片模糊，影像苍茫

看似葱茏的冠冕

常常抵挡不住生活中

突如其来的风雨

阳光照耀世界

也灼伤某些生命

微风拂过苍白的发梢

讲述着

一些人的命运

灵魂，经过磨砺

可以神采奕奕

当病魔张开血盆大口

生命顷刻变得如此脆弱

我无奈地闭上眼睛

思绪覆盖了视线

我看到了一株株生命之树的根

它们就是

生命的归宿

时间的痕迹

骄　阳

不必抱怨它的任性

它只不过是在预示盛夏的到来

更甚的酷热，躲在它身后

热浪

汗水

蝉声

蛙鸣虫唱

禾苗疯长

都是它的恩赐

珍惜吧

别让流逝的岁月

成为遗憾

站 立

人生的长河中，痛楚无法躲避
它是写在生命教科书上的题记

夏夜的风，带着一丝甜蜜
是咀嚼一路坎坷后回甘的惬意

时间的痕迹

僵硬的步履，依然充满了勇气
心中永远树着一面旗帜

只有品味过辛酸苦涩
才能收获丰硕的果实

每一道伤痕
都是人生坚强的印记

感激，每一次跌倒和爬起
都让生命充盈，站立

此　刻

远处

烈日下一片静谧

心若飘移不定的云

随不羁的野马尽情驰骋

树梢

偶尔点一下头

风路过时的脚步太轻

模糊而又真实，有着淡淡的迷离

看似宁静，却热流涌动

一池夏水无痕

倒映着柳枝与蓝天

绿草如沉静的思绪

飞翔的鸟儿

在空中划过一道弧线

我伫立，仿佛此刻

置身于一片神秘

偷

时间是一位侠盗

盗亦有道

当我被盗至仅剩回忆时

它还对我微笑

生活让我疲惫万分

即使放下一切欲望

也总有一只无形的手

偷走了我的安详

我的身体里也住着一个家贼

行窃时总有合适的理由

我不揭穿也不制止

是不是已麻醉了心扉

一阵风

一

忽然，一阵微风掠过

打破了草木一上午的寂寞

看不出天上的云动没动

但树叶，一阵悸动

如一个喷嚏

在压抑不住的情况下喷出

山水太过辽阔，把风衬得渺小至极

好像什么也没发生一样

只见柳枝潇洒地拂一拂衣袖

轻描淡写地说了一句：恕不远送

花儿一边笑着，一边悄悄凋落

蝴蝶不停地扇动翅膀

产生的效应，或许仅是一种传说

我的头发有一丝凌乱

风路过时，不经意地拂动了一下

这片生命的枯草

一切归于平静

心中却生出一个奇怪的念头

一个从凛冽风中归来的人

为何要为一阵微风发呆

二

又一阵微风

带着一股温暖的气息拂过

挟着花草的清香

热情

徐徐流淌

一种随意和自然

若能领悟

燥热的心，便可舒缓

树最懂风情

率先点头示意

三

风失态了，一阵乱窜

树疯狂地摇头

水皱起了眉

叶子在风中心碎凌乱

风停了

树也静了

水舒展开柔情

我的心却无法平静

地上的叶子

再也回不到从前

我想起了

半生的漂泊生涯

第五辑　穿过那片柳树林

鸟儿的啾鸣

于晨光照耀下婉转耳畔

恍惚置身悠扬的器乐

· · · · · ·

我的思绪，回到从前

那时，我也是一片嫩绿的叶子

每 天

早晨，我喜欢伫立在窗前凝思
任阳光轻抚心灵。然后
于咖啡的浓香中
编织自己梦里的故事

偶尔，我也会于镜中看看自己
不为映照容颜
而是再次确认
自信不减的表情

每个人都怀揣梦想
命运不会俯首，梦想也不曾消亡
城市因而变得熙熙攘攘
挤满了洋溢着希望的脸庞

我只专注于做自己想做的事
无论春夏秋冬，不论风雨或晴朗
生活就像时针，稳当单调
一步一步，积累每一天的收获

宁　静

正午，阳光煦暖

房前屋后一片寂静

时光静止

我被这静谧陶醉

楼道、园径、小巷

许久不见一个身影

窗前那株老榆树一动不动

它也睡着了

阳光轻轻伏于身上

数着我的心跳

思绪隐秘地袅袅升起，缥缈

也被阳光洞察

此刻，我的空间

像一首诗，神游中

忘却尘世，恬静如斯

我依然要与世界同行

夜　行

我在寂静的夜空下，仰望

苍穹，如深邃的海

月宫拉上厚重的窗帘

不透出一丝光亮

冬的寒意

湮没了星河的辉煌

我在夜色中前行，昏暗的街灯

点亮心中的那片光

指引归路

风吻过脸庞

擦肩而过的人

匆匆忙忙

数条交错的河，构成城市的水网

河水蒙上眼睛，摸索着流淌

即使白昼

也无须摘下眼罩

因为流速与高度

漫不过石砌的河坝

今夜

虽与黑暗一路同行

但只要心中怀有希望

黑色的行囊里

也可装着

明晨的太阳

晨　语

昨夜下过雨，地皮还是湿的
灰黑的地上几块补丁颜色深浅不一
风优雅地飘过
树礼貌地点头示意

阳光在前面的楼顶上瞭望
性子急的几缕等不及了
利用楼宇之间的空隙挤了过来
离我的窗台不过丈余远

送快递的小电驴如游鱼一般
穿过巷子，于楼前暂泊
遛狗的姑娘穿着胭脂色的外套
像春天的花

我等待着那片阳光踱进屋来
温柔抚过键盘
那暖意，伴我敲击每一个音符
走进丰富多彩的世界

没心没肺

回忆总带着湿漉漉的雨滴

不拒绝春风的抚慰

也接受暑夏的阳光

秋霜冬寒，不过是

一次又一次于阡陌中辗转

心不再潮湿

道德绑不住不受束缚的灵魂

囚笼徒有一个恐惧的外壳

没心没肺

心底的火焰在蔓延

烧毁自己心中的枷锁

一遍又一遍

草木不断地萌生新叶

仿佛并不畏惧肆虐的烈日

我替叶子迷惘

苦苦寻找一个答案

为什么它们会没心没肺地疯长

释放自己吧，世界很大

做个没心没肺的人

恰到好处

闷热中，一缕风

轻柔地拥抱我，并赠送

一连串顺畅的呼吸

时间静止

火继续燃烧

心在冥想

一个季节的浑然天成

总在恰到好处时

庄稼地里

爱也在燃烧

那份成长

是大自然神秘的馈赠

山峦湖泊之间

气流蒸腾

缥缈如幻

似有似无之间

是另一种恰到好处

星空闪烁

两颗心在甜蜜中相遇

新娘披上洁白的婚纱

恰到好处的安宁

是他们最幸福的时光

当恰到好处的感觉流逝

爱，如同流星

相遇是一场短暂的喜悦

分手成为漫长的离别

生命里留下的每一个痕迹

也许都是

恰到好处

热　浪

小暑悄悄摩拳擦掌

热浪已迫不及待地抢先入场

大地上的一切生命

被强行笼进桑拿浴房

汗如雨下，却浇不灭

心中的火。山峦和旷野一样

俱拖着疲惫的身躯

粗重地喘息吹散了栀子花香

空气中看不见一丁点儿火苗

但编织了一张燃烧的网

我蜷缩于空调房

把童年回想

那时候，妈妈哄我入睡

一把蒲扇，就可以驱赶热浪

睡吧，睡吧，心静下来就不热了

柔风下，我安然入眠

蝴蝶花

蝴蝶翩翩起舞

在茂密的灌木与油绿的青草之间

展示曼妙的姿态

让妖娆的花儿失色

风来献殷勤

遍野的叶子沙沙作响

云朵配合地换了一身黑衣裳

阳光渐藏起锋芒

蝴蝶落在枝上化成了花

所有的花朵都一起轻轻地摇

分辨不出哪一朵

是蝴蝶的幻影

细碎的雨滴落下

仿佛在轻轻地诉说

烈日下

热浪如风，一波接一波
一条狗在树下吐出长舌
它怜悯那些没长脚的叶
眼睁睁地被烘烤

时间的痕迹

原野变得安静
知了无法呼吸
蚯蚓钻进泥土深处
鸟儿静盼着日头西下

洁白的云映衬了蓝色的天
它不是冰冷的雪山
却留给人们许多幻想

夜晚让生命重新活跃
赤热依旧残留在空气中
夕阳的微光铺在水面
浅漾着花草的清香

信　使

踏入一片联袂成荫的树下

脚步不觉放缓

一枚青黄相间的叶子

不经意间落于手上

它的身姿轻盈

如诗如画

忽然意识到

这是秋的信使

在温柔地告诉我季节的更替

昨日已立秋

四周依旧满目夏意

暑热不想这么快就离去

想起从前，一封信

要辗转多少驿站

翻山越岭，漂洋过海

等待是无尽的期冀

而今，快捷的网络传递

有美好也有焦虑

四季、风云、草木
它们的信使
必须提前出发，或者
无声地到来

楼外楼望湖

我是来赴宴的

却把目光滞留在湖上

这湖水，与往日并无二致

微风徐徐，阳光像琥珀色的梦幻

白堤裸睡在它的光晕下

梦里穿上了桃红柳绿的花衣裳

等着聆听燕子归来时的情话

楼外楼早已换了新颜

但终究有些老了

眼里不免露出一丝老花的浊光

沧桑往事，也是一首诗

阳光毫不吝啬地往湖中

泼金洒银

湖水接受了它的暖意

报以妩媚的笑

我的目光

被那笑勾留

夏日晨雨

幸福的泪水无声无息落下来

暑气转身悄悄离开

万物洗了一把脸

都笑出了泪

时光轻柔，变得温馨而美好

有人说，伞的一生

都在等待雨。而今晨

是不期而遇的欣喜

窗外那些树愈发可爱了

蝉沉默

鸟儿轻轻呢喃

我也该去洗个澡，换身衣裳

不然，怎么配得上

这股清新、这般心旷神怡

别辜负了晨雨的一番美意

忽晴忽雨

雨停了，天空犹豫着

蝉憋了一上午，忍不住又叫起来

荷花深情地望着碧盘上滚动的玉珠

发呆

那一刻，世界很美

仿佛没有痛苦和烦扰

时间就在这唯美的画卷里

流连

大概觉得还不够美妙

船儿也随即轻轻划进画面

岸上，这边，绿草如茵

蝴蝶结伴翻飞

惹得猫儿又扑又追

云朵徘徊许久，决定成全天空

水面漾起无数酒窝，笑靥里

似乎深藏着另一个江湖

又像一首诗

专为这幅朦胧的画面

题写

狂风骤雨

末伏，最后一天下午

天说变就变

不做丝毫铺垫

风呼出强音，枝叶狂摆

雨点如子弹般倾泻

酷暑败下阵来

令它没想到的是

竟以一场充满蔑视意味的驱逐

终结了它称霸的一季

事件极具戏剧性

突然，天空又豁然开朗

我嗅到了秋的气息

几许惆怅，悄然泛起

我的前半生

一切喜怒哀乐、疲惫尘埃

似乎也随那场狂风骤雨

宣泄而去

胡　柚

它们泛黄，日渐成熟，等待坠落

周围也不再葱绿，尽显憔悴

我此刻在它们身下徘徊

头上是同一片蓝天

几朵不浓不淡的云很悠闲

在它们青涩地躲在叶后的那段时间里

我眼里曾有一种不屑

阻止眼神与之交流

任它们那不施粉黛的青春

望着深海一样的苍穹发呆

我从枝下高傲地走过

现在，它们橙黄的清亮惊艳了我

虽老了，但被称之为硕果

许多生命，一出生就预示着死亡

却并无悲伤，且期盼着成长

穿过那片柳树林

鸟儿的啾鸣

于晨光照耀下婉转耳畔

恍惚置身悠扬的器乐扬

图画般的景色如梦回少年

幽径曲曲弯弯

清风甜甜淡淡

飘荡不定的绿浪

影子摇曳

蝉声连成一片，撩动心弦

湖水轻波，远舟隐隐约约

我从那片绿荫下走过

波光向我眨眼

夏的气息

从柳浪、从湖面、从花草间拂过

我的思绪回到从前

那时，我也是一片嫩绿的叶子

心　情

风儿用手势

诠释了心情

它还眷恋着春，所以

会如此温柔地抚摸夏的脸庞

鸟儿在绿荫里叽叽喳喳

听起来相谈甚欢，其实

是在互相安慰

每一个露宿枝头的晚上

我们同在一个美好屋檐下

似在聚焦

一个童话

谁让命运曾安排我们

缘聚北大荒

第六辑　四季的声音

枝头，几叶嫩绿悄悄呢喃

唤醒了沉睡的梦

柳条舒一下腰，桃李堆满笑

争相朗读

风使捎来的信笺

四季的声音

枝头，几叶嫩绿悄悄呢喃

唤醒了沉睡的梦

柳条舒一下腰，桃李堆满笑

争相朗读

风使捎来的信笺

在热情奔放的日子里

蝉鸣声声，奏响白昼的乐章

而蛙鸣，于夜风中悠扬

波光粼粼的湖面

也仿佛在跟着吟唱

蟋蟀于草丛中跳跃

丰收的喜悦，让

金黄的稻穗高兴得低下头

顾不上，去看

纷飞的落叶

大地又银装素裹时

一切变得如此纯净、安宁

雪花化作一片思念

又听见，熟悉的

北风呼啸，还有炉火噼啪

聆听四季的声音

也如同聆听自己的内心

每一种独特的声音，都在诉说

生命的短

岁月的长

时间的痕迹

一阵秋雨

秋意藏进风的衣衫

阵阵凉意扑怀

雨丝卿卿我我，情浓意蜜

细腻的感觉，唤醒记忆的泉涌

思绪如漫天飘落的雨丝

打湿了记忆

也打湿了心扉

仿佛把我带回到

一场秋雨一场凉的从前

那时的原野、树叶、城郭的色彩

呈现的是另一种严峻的基调

雨是忘情水，记忆不会褪色

情思被流云送来，又被阵风吹远

感情的真谛不在于距离和时间

宽容和谅解，带走了尘埃

如果每一阵风、每一丝雨

都是纽带，那么

生命之河里，仍然灯火辉煌

时间的痕迹

初秋，隐约如谜

阳光带着怀旧情结

在窗台停留并逐渐往西变换角度

直到一幢幢大厦

挡住了它的射线

风偶尔来拜访那棵老榆树

钻进它浓密的怀里嬉戏

枝头舞动的姿态

像在传递某些隐秘的心事

林立的高楼仿佛无数个直立的日晷

阴影等待着被夜色融解

果实泛起红晕

忙着为自己缝制嫁衣

秋对盛夏从不忘恩负义

夏不退去，它绝不会

换上美丽的花衣

桂花又开了

楼前楼后

各有一株桂花树。前些日子

开花了。我关注着别的事情

一场秋雨，它们黯然飘落

我还在关注着别的事情

与馨香擦肩而过

如今，它们又开花了

气息从通透的南北窗穿越而入

我的思绪、希望，似乎还有某些暗示

都弥漫在这沁人心脾的味道里

它们在空中飘扬

于我心中扩散

桂香和心愿，如一份缘

相聚时无须言说

错过初一，不会错过十五

暂且放下一切

嗅闻，沐浴，静享

让它穿透我的前半生

时间的痕迹

秋分，这一季

薄雾缭绕的早晨，露珠在叶上闪着光

静谧的河畔，风儿轻柔地舞蹈

落叶如舟，飘进时光的河里

草木的醇香，沉淀下繁茂的痕迹

秋分，这一季的临界点

一半温暖，一半凉爽，恰到好处地交织着

稚嫩与成长、喧嚣与热烈

都化作禅意与宁静

宛如一首诗，飘逸着朦胧的隐喻

我在它的意境里徜徉

回首经过的季节，已经走远

满园秋色，隐藏在前面的某个地方

人生的秋分错过了

不必再回头去寻踪觅迹

再越过寒冬

抖落尘埃，行囊里又将装满春天

雁 阵

大雁不断变换队形，在蓝天

书写季节的符号

当我仰望它们飞翔的身影

宽阔的湖面和远山一起静默

消失的不仅是雁阵

还有心的宁静

浩大的天空呈现一种不确定的幻觉

堆积起的朵朵白云

仿佛要刻意遮掉一些

过往的痕迹

枫树、杨树的叶子被风吹落

摇摇晃晃，如同一片片坠羽

失重，但仍逃不出

地心引力的作用

冬至的风

很多年了

我已忘记那种刺骨的寒

冬至

这风

竟猝不及防

从遥远的北方

流窜到这座南方的城市里来

相遇的刹那

冰冷的锋刃，刺透脊背

落叶哀鸣

残荷冻成冰雕

阳光昏昏沉沉

从一个老人浑浊的眼中

一闪而过

气温暂时失控

空气似一块冰冷的铁

身体也开始僵硬

如一间陋屋

四处透风

时间的痕迹

冬 雷

腊月廿二，早晨，闷雷三响

低沉，像憋住的咳嗽

雨哗哗地下着

檐水滴滴答答，落声清晰

怀疑自己的耳朵

那雷音，是真的吗？

良久，官媒证实了

闷雷三响非虚

一直认同耳听为虚，眼见为实

有文字为证

春　雨

立春了

天公喜极而泣

大地泪流满面

车轮碾过……唰唰唰的声音

在催促

岸边的梅红、墙角的粉玉、阶前的鹅黄

街上

伞如五颜六色的蘑菇

于头顶盛开

屋檐下

雀儿用刚滋润过的金嗓子

欢唱

湖心

渔夫奋力一抛

撒下春天的第一张网

我在树下张望

那岸似乎离得更远了

烟雨朦胧

雨夹雪

早晨，雨稀稀落落，时有
时无。雨下得这么犹豫。我醒了
也很犹豫，天这么冷
被窝这么暖和

天气预报说　今天雨夹雪
雪呢？大概也赖在被窝里了吧
天空像一床青灰色的
大棉被

午后，雪也稀稀落落，时有
时无。像老天爷指间弹落些许
烟灰，轻飘飘
入地即化

心里忽然被一场大雪覆盖
白茫茫一片，暖融融的
那是不曾融化的
遥远的松花江畔的记忆

静　谧

晨曦中，湖面一片朦胧

水禽相互追逐，嬉戏

荡起圈圈涟漪

如梦似幻

阳光穿透薄雾，洒下斑驳

水光、霞色、雾霭，静谧之境

鸟儿不停地相互拌嘴，打破宁静

飞姿却如此优雅

我像在听一首悦耳的歌

一切仿佛一串彩色的泡沫

刹那间

又消失于无

风悄悄路过

不经意间打扰了一树樱花

纷纷扬扬的雪落下

湖的面纱被轻轻掀开

黎明的春雨

夜幕如一床被，掩盖着这座城市

路灯疲惫不堪

眼皮已耷拉下来

沉闷的雷声召唤着春雨

心中涌起一股莫名的情感

不等雨滴落下来

心已经潮湿

城市苏醒了

迎来一场春雨的洗礼

银杏在雨丝里

吐出第一片新绿

车辆在街上穿梭

柳枝生出朦胧的烟来

形形色色的雨伞下

移动着匆忙的步履

惜别春天

早晨，与谷雨相约

在一片湖光山色里，在幽静的石阶上

送别一个桃红柳绿的季节

雨在伞上浅唱，我们于伞下走走停停

布谷鸟清脆悠扬的声音叫停了一切

它觉得对于一个春天的惜别

不必过于郑重。且让彩色的蝴蝶翩翩

飞进绿肥红瘦一片

群山露出明朗的笑颜

谷雨留下一声轻叹

这个春天

顷刻，融化于远山近野

时间改变了所有

也改变了我们之间的许多存在

眼神虽呆滞，却依稀闪现出

从前的光彩

中元夜

天从睁开眼睛起就一直潮湿着

不间断地落下丝丝牵挂

走进梦里缅怀

慈容依旧……

水中灯盏摇曳

树下鸟儿蜷缩起淋湿的翅膀

地上不见月的清辉

暗淡中略带几许祭祀的氛围

点燃心灯，遥寄亲人

虽不能驱尽思念的悲凉

生命或长或短

愿天上故人安好

我暂于人间一地鸡毛中徘徊

生命的开端总寄托着很多

美好的希望

结束时也一样

一枚叶子的预告

一枚榆树叶悄然滑落
它并不孤单，昨夜的雨
让地上已零星地聚集了
一些同伴，还有少许玫瑰花瓣

时间的痕迹

梧桐叶变黄的日子还尚远
枫叶欲红透一时的想法也为时过早
绣球花依然笑得灿烂
云悠闲地不露声色

一片落叶不足以代表整个季节
但它是一个预告
秋的画师们正忙于策划一个
色彩斑斓的画展

似乎还藏着些许模糊的焦虑
走过人生一半旅程的人
不由自主地
摸了一下头顶和发际线

入　秋

风凉了，满是秋的味道

雨绵绵，又加了些着色的染料

季节不说话，只用哑语手势

借助自然界表达一切

桂花随风凋零

黄山栾的顶部渐渐染成了赤橙

池中无花，荷叶摇头晃脑

鸟儿从低空掠过，飞向远方

桌上放着两块月饼

一块是圆的

另一块也是圆的

重阳日午后

鸟儿在呼唤同伴

声音从斑斓的叶丛中传来

忽然，呼唤停止了

它们在树叶深处隐居

丹桂又开花了，然后又谢了

重复了第一次花开花落的过程

既然它知道结局

为什么还要再开呢

应季的花儿大都凋落了

吴山广场一片新的花海正招摇着

这是它们在秋阳下的

第一次登场

我在山脚下

看见下山的人络绎不绝

我忘了，大概也只有我不记得

今日是重阳

第七辑　黄昏的宫殿

黄昏是一座辉煌的宫殿

光芒四射，像极了 X 光造影

山的脊梁清晰得如一条

通往天际的路

黄昏的宫殿

夏拖着疲惫的身躯远去

草木与被暴晒的日子达成了谅解

但它们似乎并不轻松，神情反而

变得焦虑。果实的分量

开始让它们低头沉思

许多时候，觉得自己心里

也有一个四季在轮回

花开时心跳，叶落时沮丧

心海并非一片蔚蓝，风暴与巨浪

常把梦想与现实搅得一团乱

因此时时宽慰自己，缓解焦虑

黄昏是一座辉煌的宫殿

光芒四射，像极了 X 光造影

山的脊梁清晰得如一条

通往天际的路

变　天

夏日的天就是小孩儿的脸

太阳午间打了个盹

天色转眼变得阴云密布

愁绪倾泻而下

万物不知所措，莫名其妙地叹息

怎么了？如此无常

心的伞撑开

惶恐到无奈

小孩儿的脸变得快

是因为眼前最简单的得失

天空，习惯用喜怒哀乐的伎俩

宣示天威

太阳醒来了

天色轻描淡写地一笑

好像什么事情也没有发生过

而我心里比天色还要复杂

岁月的星河

一

我踏上一座拱桥

感觉石阶像羽毛般柔软

数不清有多少双张开的翅膀

托起一次次相拥的渴望

岁月的鹊桥

横跨在曾经和将来之间

时间的河流

在天空和大地的沟壑间流淌

我仰望星汉

绵绵细雨遮蔽了银河的光灿

遥想，于心灵深处

搭建一座隔不断的桥梁

荒漠渴望水的滋润

风吹过，犹如喜鹊的鸣音

故乡、他乡，挡不住心怀
念想

二

我在岁月的星河里遇见你
一朵未经世俗浸染的花
清纯的笑脸
洋溢着粉红色的意蕴

贫瘠的土地上
人间灯火忽明忽暗
而你的眸子里
银河波光粼粼，温润如玉

岁月从不回头
你也不记得原来的样子
可是，我在七夕的梦里
情不自禁地回到过去

在岁月的长河里洄游
今夕，鹊桥相遇

我想摘一颗星星送给你

附赠心语

立秋之夜

蝉把舞台让给了蟋蟀

蟋蟀最喜欢夜唱

倘若月色如水

它的唱腔自然高八度

可惜，今夜月亮拉上窗帘

繁星隐入帐后

炎夏的繁华还在喧嚣

风没有任何行动

几声蟋蟀低鸣

是在试探，也盼着共鸣

但除了树的影子和远处的灯火

似乎没有一丝回应

时间的河流中

所有的生命都在漂泊

秋是蟋蟀的梦

也是果实的梦

别急，蝉声已凄切

那一叶秋，早晚会降落

薄如蝉翼

本应是蝉鸣叫的季节

却如此寂静

只听见

自己的鼻翼孤独地翕动

熟悉的人群里

众多冷漠的眼神

喧闹的背后

是一片无际的荒漠

来时兴冲冲

离去时脚步沉重

猝不及防的一捅即破

人情薄如蝉翼

那震动产生的美妙声响

余音缭绕

来年，依然可以重现

一片落叶

时间的痕迹

一曲心音

转瞬即逝，回味无穷

白云深处

远峰若隐若现

云缓缓地，像不经意的徜徉

不禁让人浮想

背后是否有什么秘密欲隐藏

撩开薄雾般的美人面纱

蓝天竟如此宽广

鸟的翅膀

掠过我瞳孔无法企及的远方

云与天之间有一种暗示

造物的奇妙，朦胧的边缘

思索的耳朵，隐约听见

它们变幻莫测的心跳

云层深处无人家

却有太阳、月亮、星星的家

嫦娥在月宫中翩翩起舞

吴刚酿着桂花酒

我醉了

是自己想多了

那不过是一片天

几朵云

沉默不语

宁静的夜，月如钩

月儿不说话，星星也不语

我想说

却不知该怎么说

沉默的气氛在蔓延

离固执很近

距离并非会产生美

也会镀上一层生疏的膜

沉默，是疏远的开端

我叹息，每个人也都难免感慨

时间带着各自的影子

逐渐走远

我略知星汉的浩瀚无穷

却不懂宇宙的语言

沉默的夜晚

令我如此孤单

延　续

夏去秋来，柿子红了

仿佛从叶尖开始点燃

星星点点地绵延

终于亮起喜庆的红灯笼

岁月如一磨盘

被时间不知疲倦地推着

延续，是一根无形无尽的线

串联起历史与万物

人类生生不息

欢欣忧愁皆是过客

生命依旧一代一代延续着

守护各自仰望的梦想

每个人的存在都是生命延续的见证

熟视无睹或被忽略的，却是

人与人之间，在漫不经心的遗忘中

失去了联系

无花果

小时候，屋后有一株无花果树

叶子像碧绿的手掌

我经常透过指缝期盼

那一枚枚青涩的幼果

快点成熟

一直以为它不开花儿

玲珑精巧的身子

隐约的笑靥

都被那些抈开五指的手掌

半掩着

后来我知道了

它的花儿开在心里

淡淡的芬芳于静谧中飘散

忧郁而宽容的眼睛

容纳了我所有的误解

现在想起来已时过境迁

那树早已不在

但我柔软的心思像一只鸟儿

在幻想和梦境里

轻盈地飞呀飞

老花镜

晨光照亮厚重的书籍

岁月在老花镜里越发清晰

我沉醉于宁静的书香中

探索着字里行间的宝藏

生活也是一本书，我读了很多年

直到戴上老花镜

才忽然领悟了

其中蕴含的意义

不只是简单地放大字号

而是将一个看似模糊的事物

还原清楚，一目了然

揭开朦胧的一层纱

在文学的海洋里

我愿做一个不懈的泳者

戴上老花镜，去更细微处

发现文字的魅力

遗憾和孤独

年轻过，爱过，然后隐入烟尘

曾经渴望被阳光照耀一生

而今又习惯了沉默与孤独

一个既失去家乡，又无法抵达远方的人

渐渐发现

天上的云如此洁白，像纯净的灵魂

当再度仰望时，有时也会变得阴沉

见过大海，并不意味着可以容忍

其他水域里的豪横

避离不等于逃遁，打算去哪里

远航，自己心里也有一片海

把遗憾收起来，让孤独扬起帆

掠过原野的每一阵风，一切终究都会

无影无踪。表面平静的人

内心也许有一座火山

黎明，我醒来

我于黎明醒来，快拉开窗帘

让曙光走进来

一个带着无限美好的祝福和问候

飞进心坎

我从未游历过天宫

但听过那些美丽的神话

隐约觉得

今天是快乐之神当班

亚运会开幕了

家乡揭开了一页历史新篇章

我像一架陈旧的手风琴

被按动了琴键，然而，音色沙哑

当曙色变成炽热的光

云的颜色渐渐淡化

忽然联想到夕阳，为什么那样红

一定是在怀念它的童年

落叶纷飞

又到了落叶纷飞的季节

那些根植于西子湖畔的

梧桐树的叶子

开始告别枝头

翻飞着扑向大地

不是归根，而是远行

它们联袂成荫的时候

是一道风景

是一把把遮阳伞

当飘落到地上

就成了城市里有碍观瞻的垃圾

很快就被扫除

落叶缤纷是一道美丽的风景线

它们的美，是一种心境

宛若一支从敦煌壁画里飞出的舞蹈

又似一股潺潺泉水流动着的禅意

于瞬间

演绎着生命的归宿

快乐的松鼠

西子湖畔，枝叶扶疏中

活泼的松鼠们

在林间快乐地跳跃

松鼠们丝毫不惧人流

围观的人越多

它们越欢快

蓬松的毛发、飞扬的长尾、细小的爪子

把快乐传递每个枝头

阳光温暖如诗

有人投食

有人留影

有人惊呼，甚至手舞足蹈

它们食无忧，乐无涯

每天都享受着千万道目光的欣赏

生活在这里的松鼠是幸运儿

没有天敌，人类善待它们

这里是它们的天堂，我们只是看客

第七辑　黄昏的宫殿

品 茶

缥缈的回忆随茶香袅袅

懵懂的年代

我们像荷池里刚露头的叶芽

盼望蜻蜓，期待吐蕾

季节在荷池轮番上场

荷花用高洁

诠释生命的意义，即使枯萎

也昂首兀立

曲院的酒香已穿越泛黄的文字

我们也把足迹印在北大荒的雪原上

西子湖依然碧水荡漾

残荷枯叶卷起一段昏黄的岁月

是谁把那些往事藏在杯中

呷一口茶

温暖从心底析出

初冬的阳光在身上缓缓流淌

松鼠在云杉枝头跳跃

它们从未打算迁徙

逗留于碧水畔，择一片高耸的

云杉林，度过一生

人生是个奇妙的旅程

我们再回到原点

聚坐在暖阳下回味

不愿错过记忆中的每一丝回甘

我想说

冬至将近，寒风凄雨

很少有花不会凋谢

天欲以严肃状

掩盖疲态

世上的一切，都在变

季节、风云、生活、环境、世态

有不变的吗？当然有

那就是我们的友情

把一圈又一圈年轮打开

是一条长长的纽带

串联起几十个春夏秋冬

伴随着一路喜乐开怀

我知道苍穹不会一直晴空万里

也不期盼生活总是阳光灿烂

我只想，不断地这样想

我们可以永远彼此理解，互相关爱

你举杯，用祝福告诉我

他一笑，眼神在诉说

花儿，若开放在心里

将永不凋谢

我很想对你说，对他说，对大家说

但我什么也没有说，似乎也不必说

因为大家都听见了

午夜的街角

街灯昏黄摇晃

空气中弥漫着淡淡的寂寞

夜风吹散白天的故事

行人稀稀落落

时间的痕迹

我脚步匆匆

远处霓虹灯闪烁着时光的碎片

思绪被牵入记忆的深处

看见模糊的轮廓

若人生的午夜需要匆匆赶路

一个人穿越死寂的街角

就像此刻

深夜的寂静将心灵再次放逐

眼神沉入深邃的黑暗

犹如海洋中的飞鱼

是挣扎着逃离

还是奋勇飞跃着前进

第八辑　河边的清晨

每一个沉睡的夏夜总是被鸟鸣唤醒

临河的窗户里传来谁的咳嗽声

大约干扰了鸟鸣的节奏

更多的鸟儿加入合唱

河边的清晨

每一个沉睡的夏夜总是被鸟鸣唤醒

临河的窗户里传来谁的咳嗽声

大约干扰了鸟鸣的节奏

更多的鸟儿加入合唱

河面被风儿舒缓地撩开雾纱

鱼儿偶尔跳一支圆舞曲

远处隐约传来晨练的脚步

一切都恰到好处

城市总要比这条河醒得晚一些

天色渐渐明亮起来

生活的嘈杂声，便渐渐地

将这晨曲湮没

鸟儿们像下了场的演员

三三两两结伴

去寻觅

它们喜欢的早点

淋漓尽致

夕阳透过树冠斜射下来

恰好与我的瞳孔交融

眼前如彩虹起舞

炫目的斑斓在湖面上涌动

微风如一首旋律

波光潋滟

摄影师架起长枪短炮

于岸边摆开一字长蛇阵

按下快门的刹那

是对夕阳的

赞叹、挽留、收藏、欣赏

心情，酣畅淋漓

垂　钓

一

阳光在叶尖跳跃

开出的花，随风舞蹈

水面陷入梦境般的恍惚

暧昧如火一样燃烧

绿荫下有钓翁的草帽

如一尊雕像盯着浮标

每天都下相同的饵料

他坚信，鱼的记忆只有七秒

竹篓里几尾鱼不停地游弋

钓翁眼里闪过一丝微笑

心情不言而喻

不在乎收获多少，乐在逍遥

钓具已更新了几回

钩和饵并没有改变多少

不是鱼儿的记性不好

是命运安排它们把钩咬

二

秋水，滋润着鱼的魂

他垂钓了许久

他执着于等待，仿佛在给鱼

一次次无声地做着弥撒

用耐心换一尾鱼咬钩

饵充满诱惑，渔标浮于平静的水面

他和钓竿

一起映入水的倒影里

钓翁之意不在钓

在于与鱼的游戏

鱼不上钩，它珍惜生命，警惕诱惑

这是生命与生命的对话，灵魂与灵魂的碰撞

渔竿，是一种指引

当垂钓之人的背影，披上夕阳的金黄

渔标动了一下

这条河

我又一次来到这条河边，陪河流散步

也可以说是它陪我散步

它的流速与我的步幅有一种默契

从容、平缓，羞涩地面对阳光的

抚慰，眼神还是忍不住

频送秋波

岸上水杉云鬓憔悴

但它不屑掩饰，甚至

还长久地凝视

镜中的自己

仿佛水里藏着

它生命的玄机

附近还有许多河流和湖泊

有的早已小有名气

这样也好

把无限风光、喧嚣热闹、拥挤不堪

都留给它们去消受

而它，得以安静闲适地踱步

其实，它也有一些古迹值得炫耀

含蓄和低调似乎更明智

太阳躲起来的时候

天色渐晚

它不慌不忙，屏住呼吸

等待，下一次远航

时间的痕迹

向水而生

一株美丽的树弯下颀长的身躯

伸手与河水相握

谦卑地藏起根系，甘愿低下那顶

高贵的镶满绿宝石的冠冕

.深情地向河神致意

倒影，将一位林中皇后的神韵

呼之欲出

河水笑容可掬

因两情相悦

树与河水握手，当然还有亲吻

竟忘却了岁月

春夏秋冬

风吹雨打

更造就了它们相拥时的优雅

云儿走进光影交错中

充当伴郎和伴娘

鱼儿吐出一串水花

点缀，祝福，膜拜

感恩水的滋润

赞许树的痴情

河水宛如镜面

树永远定格在镜面之上

我仿佛听到它们的低语

生命之美

更是人与自然的融洽相处

睡莲睡了吗

一个年轻人在池边伫立了很久

他在等心中的她出现

睡莲也在等

等月光

等星星的媚眼

风来了

雨来了

要等的，今晚却没来

暗淡的灯光下雨丝斜斜落下

他依依不舍地要走了

频频回眸，仿佛他等的

不是她，是睡莲

他喃喃自语：睡吧睡吧

明天我还来

睡莲，你睡了吗

涟漪轻荡像摇篮

他想，心上人此刻也一定未入眠

湿漉漉的影子越拉越长

细雨与他一路做伴

气温的竞赛

早晨飘过几滴雨

中午热情如火

灼热的温度和沉思的灵魂

一个体温升高的人在喃喃自语

像陷入热血沸腾的氛围

想法越来越迷离，难以言喻

导出的图

每一张都显示出失常的温度

天空、阳光、大地

在进行一场炎热的竞赛

除了奖杯、荣誉

获胜者还剩一副疲惫的身躯

每一场竞赛终将走向尽头

黑夜降临，暂停

参赛者在想，明天

是退出呢？还是继续

出伏第一天

我在旷野下，感受这个日子与往日

有何不同？今天是出伏第一天

太阳悠闲地踱着方步

节奏不再陶醉于热情的探戈

云彩如飘逸在蓝幕上的蕾丝花边

微风从斑驳疏影中轻轻穿过

荷叶在池中伴着淡雅的花朵

远山朦胧地沉浸在梦中

世界上无数纷繁复杂

或简单明了的开始，包括节气

此刻，我的眼里如诗如画

等待着夕阳渐渐落下

夏之末

这时节，我忽然眷恋起骄阳、热浪

希望它们多多逗留

至少

脚步别那么匆忙

我曾抗拒一切都在燃烧的日子

汗流浃背也浇灭不了

太阳热情的火焰

谁不想极力躲避呢

当原野万籁寂静

阳光再也唤不起蝉鸣的激情

蝴蝶的翅膀

依旧扇动着梦想

猛然间似乎有所悟

化蛹成蝶，不仅仅是四个汉字

也暗含哲理

我觉得错过了什么

无论如何不能再错过

余下的每一个热情洋溢的日子

欣赏云的安逸

看鸟儿扑进蓝天的怀抱

让夕阳的余晖

在内心铺洒一片宁静

时间的痕迹

近来可好

炎炎夏日

天忽然喜极而泣

脸上还晕染着晨光的余霞

穿过人海

穿过时光

我们又见面了

近来可好？这一问心绪万千

微笑诠释一切，眼神柔软

时间陷入静态

千言万语如潮水般涌来

小小天地里

仿佛只有我们存在

人生是一种咀嚼

品味真实的心跳和呼唤

时间会包容一切

且让我们举杯

祝福未来的日子

将苦涩，付诸笑谈

岁月如此纷杂

我们用真情沉淀

当再次握别

互道珍重

隐约的蝉声在远树上怯怯鸣起

牵挂与祝福轻轻溢满你我心中

时间的痕迹

波光粼粼

这河，是一条永不枯竭的回忆

从左岸走过

碧水缓缓，映出一个少年

从右岸回来

夕阳的光影于水中如梦如幻

驻足于桥上

看见流淌的岁岁年年

白云悠悠，超脱淡然

河流像被注入了思绪

粼粼波光编织出一片宁静

夕阳的影子在水面上跳舞

橙红的霞色

于水中接过钓翁抛下的那一竿

独钓的孤钩

波光粼粼下

似乎可望见一辈子的写照

流星划过夜空

小时候，长辈们常说

流星划过夜空

那是，人间有一个人消失了

长大了，我知道

天上的星星并不代表

地上的灯火，以及尘世中的生命

但朦胧的夜色被一颗流星划破

总会被惊艳，那种美

突如其来，又消失得太快

后来我常想，那流星

可比作一个人的青春岁月

短暂，一闪而过

但，这比拟也不贴切

浩瀚星河里

每一颗星都在闪烁自己的梦幻

璀璨的一瞬，难道不是一个生命

华丽的告别与最后的绚烂

第九辑　生命的海

我又看到了海，蔚蓝色的

深邃如同

一个浩瀚的谜。那片深蓝的低语

似乎是远古的呼唤

波涛，卷起未来的预言

一浪接一浪涌来

平　淡

每天，取悦自己的

不是生活多么有意思

也不是，未来有多么迷人的诱惑

当一天在指间悄然滑落

一生似乎也没有什么特别之处

清晨的露珠，也是生活里的一滴蜜

日复一日，平淡，琐碎

当欢声笑语充盈时

生命如裂开一道快乐的缝隙

那一刻，阳光洒进心田

翻动的叶色不经意间露出一抹浅黄

大自然的微笑也如此淡然

晒太阳

阳台虽小，但阳光一视同仁

温暖而慈祥

深秋的上午，我坐在这里晒太阳

没有沙滩，也无海风及五彩贝壳

远处的树林心照不宣

静享日光浴，一言不发

从高于它们的位置俯瞰它们

一目了然

矗立在侧前方的新楼高大、雄伟

遮挡了一部分阳光，制造出微不足道的

一小块阴影。忽然，一抹亮闪烁了一下

一簇红浆果隐于枯色中，窃笑

时间的痕迹

轻风细雨中

直来直去的风，如自由的心

掠过原野，拂过脸颊

来到城市，面对林立的楼宇

也不得不学会

拐弯

初夏的雨丝总是轻飘飘的

站在自然的角度去看

这风，这雨，这时节

俱是四季的梦

在延续

时间有魔法，让人的一生

看起来很长，而回顾起来又很短

如一阵风

又仿佛是一场雨

过去了无痕

不再随风

也不去追雨

更不打探下一个路口的风景

只需加一层滤镜

所有的日子便都五彩缤纷

时间的痕迹

快　递

每一个身影

闪烁在

城市或乡村的各个角落

组成一道时代的风景线

方便快捷的生活似一杯醇酒，酿于

繁华的闹市

寂静的夜晚

烈日下、风雨中

但这仅仅是幸福的开始

创新的种子在智慧的大脑中不断萌芽

对未来的期盼

正源于生活中晕染着神秘的色彩

生命之书

桌上的书越摞越厚

有读过的

有不想读的

也有想读而未及的

小时候，老师告诉我要多读书

我羡慕他读过很多书，知识渊博

现在生活却告诉我要简单

我努力学着从简单中撷取快乐

前些日子，一位友人走了

我表达悲伤的语言只剩四个字

"一路走好"

每个人都在书写自己的生命之书

这四个字便是后记

风信子

出嫁女儿回娘家

是父母望眼欲穿的盼

窗台上的风信子，妩媚地笑

美化了舒展的鱼尾纹

它的根须不断地扩张

下沉在装满水的玻璃瓶底

把从初生到茁壮的过程

一览无余地展现在那里

世上最美好的事情

就是疲倦、委屈、孤独时

有父亲宽阔的肩膀

有母亲温暖的怀抱

当时间都被生活淹没了

那水中的根茎

依然是父母

要精心守护的安宁

清洁工

温暖的晨曦照在他们橘红色的

工装上，荧光条闪闪发亮

他们默默地扫着街巷，一遍又一遍

城市苏醒了，露出整洁的笑脸

时间的痕迹

不论酷暑寒冬，春去秋来

他们的背影，坚忍而从容

一份辛勤的付出

使城市变得美丽而清爽

扫帚声单调而机械地重复，却如诗如画

清除的不仅仅是垃圾，还有

尘世的疲倦。他们拾起一份

对生活的尊重，播下清新的希望

有人说，他们是城市的美容师

有人说他们是卑微的清道夫

还有人说他们只是农民工

但无法否认，他们也是城市的守护者

他们的名字无人知晓

无声地融入清晨的风中

每一条街、每一条巷、每一个角落

都有他们的身影

其实，清洁工是城市的画家

以帚作笔，以汗为墨

画出一道道别致的风景

生命的海

一

天很蓝，想起海
一片澄明的湛蓝，无边无际
云是飘浮的岛屿，移速缓缓
快乐的时候，云的心情
是珍珠散落的白沙滩

仿佛置身于一个梦幻的世界
一切都美好而详和
可以无限遐想
高高的椰树下
有清凉的海风拂过脸颊

生活，就是这片海
看不见深蓝的暴力
也隐藏着未知的危险
清浅的眼前，可以掩饰
心中的不安

二

我又看到了海，蔚蓝色的

深邃如同

一个浩瀚的谜

那片深蓝的低语

似乎是远古的呼唤

波涛，卷起未来的预言

一浪接一浪涌来

船如浮萍，也像生命的摇篮

生命的海

燃着不灭的火焰

照亮了我皮肤的色彩

带我穿过

浓重的夜

无尽的深渊中，涌起无数次悸动

只为抵达心中的彼岸

那是怎样的海啊，无边无际

每个人都是一叶舟

当晨曦初照

第
九
辑
　
生
命
的
海

213

海面泛起金色的波纹

那是新生的希望

是梦想的摇篮

时间的痕迹

独处，是一场修行

曙色，驱走夜的寂静

鸟儿呢喃

我沉默以对

只听见钟摆规律的节奏

夏日的早晨

难得有一丝凉爽

内心不由生出一片辽阔

翱翔或行舟

独处陋屋

内心不为喧嚣裹挟

寻觅或找回，拥抱或沉淀

都是心的自由

看不见的内心

可以看见整个世界

只需要静下来

打坐，慢慢感受

和 解

蛐蛐不甘于秋夜的

寂寥，喋喋不休，相比其他秋虫的

唧唧声，其音凸显雄浑

它的雄鸣掩盖了草木的哀音

前些天，蝉声还响成一片，总觉得

离秋尚远。不料一切转瞬即至

另一个季节，也在不远的路口

悄无声息地着手布置冬的盛宴，试图

抹去前三季

写在大地上的诗歌

夜风拂过头上的雪

仿佛想与我达成某种和解

生命不是一场娱乐

依然需要执着

与四季一样

行我所行

纵有多少难以忘怀的酸楚

人生长河里还奔涌着谅解与包容

心底对一切的和解，都藏着星光灿烂

街灯把我的影子

从身后，拽到身前

似乎投下一个暗示性的方向标

拾级而上

山不高
有沥青路蜿蜒而上
可坐车，可沿路安步当车
我选择拾级而上

石阶如人生路的每一步
收获风景，回忆
随心飞翔

小时候学校就在山脚
那时的快乐，是放学以后
选一个陡坡
大家一哄而上

虽没有美丽的风景
却是最快乐的时光

生　日

日子悄然离去，秋去冬来

细雨送寒，淅淅沥沥

眺望中，气温骤降

昨日尚阳光恬淡

银杏不负心情

兼有枫红柚黄

而今雨凄凄，倍感萧瑟

几许薄念，往事萦绕心间

一如幻影缥缈

转眼，满眼枯萎

心坚，终究抵不过

人生无常

花落尽

只须根在

来年，依旧绽放新彩

风夹杂着落叶的哀伤，地上的叶子
已泪流满面

时
间
的
痕
迹

远　眺

烟波浩渺

西湖如嵌入大地的镜片

裂缝间

安静地长满青苔

之江如练

心随东流去远

世俗的尘埃

于暑气蒸腾中飘散

白云蓝天

展开流动的画卷

想象和遐思

无尽无限

目光可及的眺望

都有可以抵达的彼岸

心的遥望

最可慰藉的是童年

老樟树

千年的风

吹老了它的皮囊

苍颜，依然稳健、矍铄

俯临城郭、江湖

萌生的新叶

敢于蔑视烈日

它们的筋脉，历经

腥风血雨、刀光剑影的淬炼

古都的沧海桑田

都载于年轮

所以，不屑于计较

这般轻薄的肆虐

夜深人静的时候

繁星与它说悄悄话

星星们知道，铺满树心的

不是孤独，而是历史的轨迹

城隍阁

一座楼阁飞来山顶

把钱塘的传说

付诸檐下风铃的轻吟

飞阁流丹

目光穿越山峦

话语萦绕山间

湖光山色眉目传情

古韵新颜，一道绝妙风景

仰望它，高耸入云端

一个王朝的影子，几许繁华

登临阁上的故事

一览湖山的气场，扑面而来

老树拂碎夏日的阳光

心事与阁楼的影子共长

倚栏凭眺，山水总是如画

心驰神往

农家茶馆

躲开尘世里的忙碌和焦虑

进山开启慢生活，最具标志的

是那把铜茶壶

旧时，遍布巷陌的茶馆

小方桌、长条凳

以及朴素的习俗

不声不响地，在这个世外桃源

一壶茶，半天时光

人们在参天古木下乘凉

聊聊天，闻闻花香

惬意的生活在这里重拾

大可不必忧虑

这样的慢时光，会有多长

人生难得几回闲

且尽一碗茶

伍公庙

故事里传来悠远而沉重的钟声

漫过朦胧的山峰

仿佛穿过了

历史的层层面纱

枝叶扶疏

欲把这回荡的声音

融入它所理解的

色彩

石径坑坑洼洼

走过一代又一代

人们虔诚的拜祭

也关乎神灵之惑

香火不再重要

人们已把护佑的愿望

用清新香郁的竹叶包裹起来

愿其百世流芳

第十辑　回忆像一瓶二锅头

他们都喜欢诉说沧桑

脸上的沟壑里藏着许多故事

回忆像一瓶二锅头

烈，也回甘

生命的根

始于黑土地的梦啊

一直伴着青黍的芳香

洁白的雪

留不住

青春昂首远去

爆裂的冰排，如心中的激情澎湃

岁月如歌，和鸣着

松花江东去的雄浑与辽阔

音符里

跳跃着我灵魂的寄托

生命的根

已枝繁叶茂

每片叶的经络上

写满了

深深的眷恋和热爱

老男人

他们都喜欢诉说沧桑

脸上的沟壑里藏着故事

回忆像一瓶二锅头

烈，也回甘

故事随风飘去

脚步，也不再矫健

内心却依然唱着青春的歌

燃烧着炽热的火

笑容或许有些疲惫

眼神也略显暗淡

灵魂看起来似乎已经沉睡

曾经的梦想越过云层，仍在天际闪耀

岁月曾向他们张开双臂

也松开怀抱。他们不再坚持什么

偶尔在笑容里，露出一抹温暖的慈祥

夜色降临

太阳无精打采的眼神

疲倦地闭上了

省略了霞光的铺展

夜色降临，我在夜色中

桑榆有些五味杂陈

一池平湖在寻找丢失的视觉盛宴

我假装心怀一片宁静的海

掩饰着失落与不安

时间悄然带走了所有

日子溜走了

年龄流失了

独留一份倔强在心底默默抵抗

冷风吹过额头，似一句安慰

灯火不解人意，投一抹孤影

山湖的影子渐渐模糊

我与夜色分享一切

我 们

红梅绽放火一般的热情

为凝重的期待添加一抹春色

和风悠扬，轻轻地追随我们的步履

一起走过冬末，迎接春天

我们的故事，无论怎样续写

最初的色彩，不改

庆幸，我们彼此没有错过

遥远的旅途仍是同一班车

友情像白酒一样古老

纯净而透明

折射出世界的狰狞或美好

也让我们找到内心的安宁

碰杯的声音，如激情在唱歌

心灵交融，身体燃烧，血液奔放

人生如出一辙，出发、归来

我们在一张圆桌会合

新年的钟声隐约从日历中飘来

快于一场雪到达的时间

不躁也不急，情在

回首的心跳依然

不必在意岁月的雕琢

我们更在意

珍藏于心的友谊

携手同行

有酒，也有诗

相聚"大茶壶"

云雀的叫声像天籁

从草丛或林间响起

与桂花的清香相互呼应

离得这么近，又像遥远的记忆

"大茶壶"是一家茶楼，名字有些奇特

但给人的感觉却那么亲切

好像有一种被唤醒的感觉

生活如同一壶茶，可以反复品呷

蓝蓝的天上，时有白云飞翔

温暖的阳光下，我们

坐看秋色。从一杯浊酒里

品出岁月的醇香

生命的年轮里

刻着我们跌跌撞撞的脚印

也铭记着我们的快乐

看这秋色，离层林尽染尚早

氛围温馨而愉悦

云雀、桂香、茶园、秋色、欢声笑语

每一个瞬间，一帧帧画面

用心去感受美好

当我们回首往事

每一次相聚，都写满了对生活的热爱和感激

纯洁的友谊，是人生宝贵的财富

这一次，依然是序幕

小伙伴们

布谷鸟的余音还萦绕耳畔

童年的那声声蝉鸣

也早已迫不及待地

响彻心扉

雨滴也来助兴

欢快的步履在古道的青石板上跳跃

开怀大笑，也是漫长岁月里

一道迷人的风景

充满希望的六月在招手

用一份豁达

加一份通透

告别一切伤痕累累

世界很大

许多人都说要出去看看

而生命耗费了一大半

我们，仍然没有走出彼此的视线

友谊之桥

友谊如一座石拱桥

桥头至桥尾，平行的视线看不到

当在桥顶上看风景时，总会习惯性地

回顾来时的每一级台阶

时间是一条河，有浪可淘沙

无风，静静地流淌，一切沉淀于河床

水是一面镜子

藏着过去，照着现在，流向未来

生活是一个万花筒，一切

再也变不回最初的组合

于彼岸回望，桥顶的风光衬着蓝天如画

上行的台阶已经看不见

时间不会欺骗任何人

愿我们眼里的星光，温柔地泛着关爱

将走过的每一级石阶铺平

互相搀扶，快乐如初

快乐，在这条街上徜徉

一条新街在秋日的早晨醒来

它落户尚不足月

像游子，从时光隧道中归来

那座千年古桥

光滑的石阶如一部大事记

记录着时光悠远的脚印

我们的相聚

当然也非偶然

已湮没于岁月的花季

如一朵朵冰凌花

融化在春天的枝梢

那份美好，滋润至今

"兰溪桥"

不是一条溪，也非一座桥

它只是一间包厢，却用舌尖上的惊艳

加入了这条街的吟唱

仿佛一方水土千百年的陶冶，就为了

时间的痕迹

这一刻的盛宴

味蕾萎缩，淡化了美食的冲击感

不能豪饮，然不可不豪谈

一方空间

一道茶艺

一桌佳肴

弹奏起快乐的轻音乐

祥符新街

一个历史的符号

诉说着沧桑和现代

一粒希望的种子

在这条街上萌发新芽

友谊和情缘的丰茂

也源于内心深处根系的膨胀

岁月远去

却又扑面而来

万紫千红虽已遥远

但沉甸甸的果实，就在眼前

聚

仿佛踏进一个春天的早晨
扑面而来的温暖
将 2023 年最后一股寒潮
阻隔在宽大的玻璃幕墙外

寒风，刚才还追着窃窃私语
说了什么，我并没在意
今天的遇见，握手，问候
并非缘起，而是一次相约缘续

时间，总是骑在疾驰的马背上
四蹄生风，犀利如刃
在我们的脸上肆意削刻
留下一个个雪峰下的写意

我们相互致意，每一双眸子里
都藏着对方最美妙的景色
那些埋入记忆的
以及，刚刚摄入的

何不收起沧桑，以酒为诗

拾取丢失的青春，谱一首怀旧的曲子

壁上画，也为之动容

默默献上一枝傲雪的蜡梅

我们碰杯的声音似美妙的金音

岁月的烟火，都一饮而尽

快乐的盛宴，心随境转

为旧年画上一个祥和而温馨的圆

话匣子

聚在一起，我们的话匣子

总情不自禁地打开，溢出的

都是岁月的歌

杯与杯，也趁兴奏出美妙的音符

不选择街头巷尾，也等不到茶余饭后

就在席间，品咂着美味的回忆

就着兴奋劲儿

语珠跳跃起来，笑客柔软地落于眉眼间

耳窝塞满了欢笑

话题，流入一片生命的海

风从远方吹来，仿佛捎来

化冻后，黑土地的第一次心跳

憋了许多话，于此刻释放

难免，感慨岁月如梭，人生如梦

还会有许多美好的梦境，钻进话匣子里

等待下一次，打开

又聚小河直街

一条河，两岸枕河人家

不变的街名，变化的建筑与人迹

如此，可上溯千年

河平缓地流淌

街默默地变迁

它们的历史源于记载及挖掘

我们也把足迹印上去

现在肉眼看不见，但一千年后

戴着厚厚镜片的学者会发现

我们相聚的餐厅有一个

寓意美好的名字——新腾飞

但我们今天不谈腾飞，也不谈历史

窗外——

黄绿相间的枝头在深秋的梦里缱绻

偶尔，一叶飘落，跌入河中

随风、随意、随缘、随波

在水的镜子里照见自己

高兴地扑进自己的怀里

我们围着圆桌而坐

如同回到相识的原点

这个世界上有许多人在企图恢复

一条街、一座城，甚至一座庙宇的历史原貌

我们只轻松地笑笑，互相问好

不再刻意把过去寻找

时间的痕迹

体谅一下千年后的学者吧

考古是一项很艰辛的工作

发现一些蛛丝马迹也颇费脑筋

所以，我们需要留个影

他们会看到。然后

把我们当作历史的遗存

去做一番研究

朋友，你走好

一个朋友走了

走进了尘世的背后

天上的云，如鬼魅般变着脸

雨如摔碎的泪珠

跌落在心的深处

滴滴答答，如梦一般浮现

你的背影，依然和我聊着天

分享彼此的心声

你说，透过镜子你能看见一切

表象及内心

喜怒哀乐里

有真情，也有掩饰

我知道尘世的镜子只能照见尘世

而在尘世之外的另一面镜子里

你可以看见

一行飘散的诗句

跨越冥界

寄托着对你永久的怀念

时间的痕迹

生命的彼岸

你病榻上的样子，令人心酸

而今，随一缕青烟升起

平静地落入尘埃

回归心中那片开满鲜花的原野

忘掉所有的遗憾和伤痛吧

再也不必终日焦虑

也无须再向生活苟且

所有纠结，都隐于沉寂

一生的自信、从容、豪情

从记忆的杯中溢出

汇入一条不见尽头的河

安然，流向远方

不需要谁的哭泣

在另一个世界里，依然会有阳光

纤纤小草，星星野花

心仪的鸟儿在歌唱

世上很多事，包括生命

都有消磨殆尽之时

你过于仓促，以至于

我都来不及生出

你已离开的感觉

时间的痕迹

回　首

总在不经意的某个时刻
回首走过的那条
已经消失在漫长光阴里的路

故园七千里
雪域四十年
浓重的他乡口音取代了乡音
我已不再是从前的我
在故乡的怀里
无法言说，缄默

孤独的时候，我来看望这一池水
诉说困惑
偶尔，几尾鱼跃出水面
那是它们用肢体语言做出的回应
月光如水，照在湖面和我身上

光阴的路，一如从前
尘世间有太多东西

都在不经意间悄然改变

梦想的钟摆停了

但我还是饶有兴趣地欣赏

余晖将湖面一点点晕染

时间的痕迹

在路上

刚下过雨

湿润的空气飘着一股凉爽

城市的光与影交织着夜色

行人匆匆，车影如梭

我小心翼翼地骑着电瓶车

载满忙碌一天的疲惫

迎面而来的车灯

像不期而遇的冤家

如果天上繁星点点

弯月像一只船

那么，此刻我就是一条游鱼

轻松而浪漫

忽然，一条违规的鱼

狂野地擦身而过，如一个警示

慢下来吧，反正这一生

都要在路上

想　念

我想他和他想我

不是一回事

我想他

多数是在

梦里，或孤独之时

只是单纯的思念

并非一定要见到他

半夜雪止雨停

关闭了门窗的建筑物

把室内室外

分割成两个不同温度的世界

窗玻璃上一层雾蒙蒙的水汽

如朦胧的纱

把看不清楚的一切

交给想象

我喜欢对储于头脑里的知觉

按预见进行加工

对或不对

擦掉玻璃上的水雾

就一目了然

好久不见

好久不见了

但我们并没有因此陌生或疏远

一张看不见的网

让彼此随时见字如面

戴上千姿百态的面具

喜怒哀乐，省去了直抒胸臆的尴尬

好久不见了

像一个老古董陈旧的感叹

事实上，已经淡了相见的期盼

动动手指，轻触一下屏幕

尊口免开，已经爱意满怀

我所有的朋友、亲人

距离这么近

又那么遥远

在每一个太阳升起或黑夜降临的时候

我都埋首于一堆表情包里

寻找心情

我的朋友啊

请原谅我不再相约

一个人悄悄走上街头

没有悲悯，心境平和

我变得孤独了

第十一辑　十月的兰花草

兰花草紫色的瓣

继续着泡桐花四月的守候

也带着

紫罗兰盛夏的嘱托

在一条喧嚣的街旁

优雅地伫立

十 月

十月，是耸立于华夏岁月里的一个纪念碑

鲜红的底色

星星闪烁着金辉

点亮一团团燃烧的火

激流奔泻着炽烈的情怀

黄色的皮肤、黑色的眼眸

透出的尊严、希冀和豪迈

在旗杆上猎猎作响

也在心中珍藏

更情不自禁地歌唱

无论过去、现在、将来，永远祝福你

祖国——生日快乐

沉甸甸的稻菽黄了

山色凝重得像父亲的脸庞

枝头摇曳着快乐的童心

我仿佛幸福地依偎在母亲的怀里

晴朗的早晨

隔着落地窗就可以看见

蔚蓝的天空、悠闲的白云

还可以看到，桂花

在绿丛里暗香盈袖

栾树凭借身高的优势，炫耀

加冕的花冠，犹如举花迎接

早晨的第一道

明媚阳光

时光流逝的痕迹

被一种美好轻轻拭去

平淡却又令人心动

忽然有了一种秋高气爽的辽阔

我很想为这个秋天的早晨

写一首赞美诗

鸟儿也啁啾地鼓舞着

文字的张力在脑海里拉伸

晴朗的早晨确实美好

我无法描述出这种美

今晨，黄山栾更像一位盛妆的新娘

傲　骨

金桂

萦一缕馨香，藏进

一首咏桂的五言律诗里

黄菊

将一抹亮色

隐于东篱下

秋阳，收敛了暴烈

以一种慈祥的目光

巡视它所能触及的每一寸土地

花儿羞涩地绽放

柔情袅袅洋溢

桂与菊手牵着手

一起走进十月

无不展示着，日暮前

有许多生命，正灿烂地开始

我思索

这两种颜色相近的花儿

她们前世的渊源

并非色彩和味道

而是相同的

傲骨

牵　挂

重阳日，除了数字的重合

只是一个与昨日并无二致的日子。早晨

突然浮想联翩，因从网上看见

一个遥远的地方

蔚蓝的天上飘着

朵朵白云，如同洁白的心情

静是一种美。风儿洞悉一切

有意停止了脚步，怕惊扰云朵的沉思

更不想驱散。因为风儿深信

每一朵沉思的云里

都载着一个

虔诚的灵魂

我看似毫不相干的胡思乱想

都源于牵挂

我可以把她的名字广而告之

她就是——富锦

一颗嵌于广袤大地上的明珠

时间的痕迹

多少个清晨，多少个如今天这样

看似相似却又不同的日子

我总会想起她——

那遍野金黄的果实

那昏黄路灯下摇曳的橘色光线

那卧于激情大江旁的皑皑白雪

发　小

云这么淡，水这么宁静

风儿轻轻

今天是什么日子？哦

是发小们约定相聚的日子

心底有一丝微波

回忆可以很美丽

尽管，一只名为岁月的神秘之手

带走了许多，而总遗落一些余韵

我们想说的太多

也谈论了很多

我们开始关注那些

逐渐掩埋沙粒的泥土的质地

四周植被的色彩变化的细节

露水被吹干后的渍迹的模样

我们接受彼此的偏好

容忍对方的陋习

随心所欲地相互调侃

"皱纹"和"谢顶"共生怜悯

如同这个岁月之秋

美好不仅限于色彩及硕果

令我们醉心的

是那垂于枝头的果实

那是对生命的另一种解读

兰花草

斜阳略显老态
于叶隙间落下他的
疲惫

兰花草紫色的瓣
继续着泡桐花四月的守候
也带着
紫罗兰盛夏的嘱托
在一条喧嚣的街旁
优雅地玉立

永恒的爱与美
是花儿谢了又开
是年复一年的
暗恋

如　画

一条路，被斜阳斑驳了满地碎花

一座城，被馨香缭绕成佳话

一湖水，在年复一年的季风中

依然貌美如花

如果十月是一位妩媚女子

她一定是露水染成的

虽然没有什么可以证明，但她明亮的

面孔和笑容，令人赏心悦目

坐在花雨下

品一杯龙井茶

桂花味的风留不住时光

橙黄墨紫的菊，缀满篱笆墙

岁月在漾动的微波里

呢喃细语，然后

用油彩堆砌

许多风格的图画

晨　曦

晨曦是一抹希望

擦净黑夜的踪迹

这过程如同一张用过的纸被漂白

重新绘制一幅美丽的画卷

一切都见证着时间的力量

万物、岁月、兴衰，以及漫漫长夜

都在时间的指缝中流逝

甚至遗忘

拉开窗帘

别挡住了孩童的笑脸

这一刻的清澈，让童真的快乐

重燃，回味似余音缭绕

东方渐渐发白

晨曦化身为明亮的眼眸，直视内心

那些自以为是的修篱

顷刻化为灰烬

山涧溪流

一泓水流过日渐清瘦下来的
山谷，在深谷的皱纹里淙淙
声色若溅起的水珠圆润如玉
波斯菊和牵牛花陶醉于岸旁

金黄的阳光弥散成缓缓的音符
把感觉唤醒，聆听
光影和虚幻的冥想
随摇曳的丹桂飘进心房

万物都在跟我说话
声音、色彩、影像，以及每一个
微妙的变化，似看不见的手
推开我的窗

秋高气爽的日子从溪流身旁走过
我与流水都将远去，而她
留在原地，始终潺潺……

秋来秋往

风摇过桂花树。树底下落满了花的
碎屑。周遭弥漫的香味
似乎淡了许多。也许我的嗅觉出了错
甚至有些恍惚，阳光分明还有些炽烈
而霜降已至
那么多的花儿还来不及尽兴

我清楚地记得自己的年龄
却记不清秋来秋往的足印
以至产生一丝疑惑，秋天是否
从未来过。一如我脸上的皱纹
记不起是何时被雕刻上去的

与习惯了每个清晨和傍晚一样
我早已习惯了每一个季节的轮回
也熟识了镜子里那张苍老的面孔
岁月的车轮，在上面
碾出纵横交错的辙。而那张面孔
曾属于春来春往的季节

时间的痕迹

272

絮　语

秋阳是一个不请自来且和蔼的朋友

不经敲门就踱进室内

优雅地阅读桌上的书籍

眼里满是五颜六色的絮语

树上的青橙渐渐黄了

还有几株金桂，枝头香蕊

在等待着

被时间碾碎

往事像一簇耀眼的酢浆草

轻摇它粉红色的小手掌

静下来的时候，远望

天被蓝釉洗过，云踟蹰着要不要归隐

我们的交谈在时间的流逝中结束

我对它阅尽江湖的见识钦佩不已

希望它明日再来光顾

它回眸一笑，未置可否

秋深了

桂花，于昨夜，悄然离去

晨空中，再也没有她，醉人的气息

其实她之前有过暗示，被我忽略了

这几日，她显得格外殷勤

天上的云飘着雨的心情

树的叶里何时隐藏了这么多蝴蝶

它们在掩饰什么呢？黄色的翅膀上

要画上金钱豹的色纹

若没有燃烧的枫叶

我几乎忘了已进入深秋

枝头晃动的胡柚和橙柿

提醒自己，该去理理发焗焗油了

据悉，昨夜北方下了今年的第一场雪

虽然坐标向北隔了十七个纬度

但那丝丝凉意，还是穿过经年的记忆

涌上心头

曙　光

天边一抹曙光，匆匆在路上
把黑夜甩于身后，头也不回一下
或许，它的眼里根本没有黑夜
只有黎明。攫住我目光的，是一团火红
渐入白炽的演化

我的身体里涌动着许多压抑不住的渴望
仿佛一座看不见的火山在燃烧
黎明将昨天与今天做了一个完美的切割
灰烬留在了过去
时间不知去向

今天或今年
只不过是昨天或去年的延续
除了变老，我什么也没变
但已回不到原来
一切渐行渐远

天空过于辽阔

把万物衬托得如此渺小

当阳光填充一切空缺时

阴影萎缩，并躲进角落

人间烟火徐徐弥散

时间的痕迹

观　鱼

这么多娇媚的身影

在水里

宛若一尾尾移动的花朵

似在演绎一句诗——

乱花渐欲迷人眼

众人争相投食

鱼儿很习惯地争抢

更像在搔首弄姿

撩拨人们欣赏的兴趣

它们的一生

都会这样安逸

貌似快乐

却无聊地游弋

可惜，它们永远不知道

这洼水以外

还有自由的江河

更有浩瀚的海洋

急

他骑着自行车径直向我冲来

我一惊，不知所措

距我两米处

一个急刹车，粗重的声音扑面而来：

"地铁站在哪儿？"

我于惊愕中回过神来

手一指："向左前行二百米即是。"

他迅即掉转车头离去，抛下一句：

"谢谢啊！"

他急得来不及回头

人行道红灯亮了，我错过了绿灯

我不急，所以从容

第十二辑 心灵的翅膀

鹰，从来都无视云闲逸的心情

长翅驾驭风，时时俯瞰

大地上的家园

却把翱翔，作为一生的使命

飞 翔

云在蓝天之上

风是它的帆

浩渺的苍穹是浩瀚的海

把时空装进胸怀

鹰，从来都无视云闲逸的心情

长翅驾驭风，时时俯瞰

大地上的家园

却把翱翔，作为一生的使命

我仰望着它们

也向往自由无垠的天空

我的飞翔

是让心灵尽情地舒展

披着每一道霞光驰骋

迎着每一阵风雨搏击

生命升华出前所未有的辽阔

忘却了尘埃

读 书

生活是一本书

每一个生命都在阅读它

鸟儿总想飞速地搜寻到答案

蜜蜂则钻进画页里

从品砸甜蜜开始，愉快地阅读

蓝天白云用变幻的脸谱

装帧宇宙的封面

山川田野，以四季变化

省略掉

苍白的文字说明

书架上的每一本、每一页

都写满了"力量"

我常戴上老花镜去那里寻找

梦想与希望。那里什么都有

世界、社会、人类、哲理、春夏秋冬

我更多的时候喜欢自由自在

去阅读生活这本书。书香里

没有虚构，不必修辞，却有许多思考

尤其是读到童年时

我会变得年轻

梅　雨

每年这时节，它都会悄悄地偷窥

梅子成长，目睹它水灵灵的羞涩

饱览而忘情时，便唱起情歌

淅淅沥沥地抒情

像空气

弥漫在

梅子生活的每个角落

太阳出来了，它继续在唱

有时候，我觉得它像一架古老的竖琴

在灯光舞台上，为心爱的梅子

倾心弹奏

我淋湿了头发

也走不进它薄雾缭绕的仙境

喜欢听它溢满爱的琴音

不由得想起往事，渐渐沉醉

捷 报

孙女收到考研录取通知书

欣喜地踏进梦想的殿堂

知识的海洋从此将更加宽广

捷报是一首豪迈的"从头越"

我曾以五谷丰登为庆

翻滚的麦浪，摇曳的高粱

也是捷报，每一粒

都齐唱着耕耘的骄傲

捷报是一个收获的过程

诉说着每个人的故事

汗水与心血浇灌的花开了

每一朵都是捷报

幸　福

我喜欢沉浸于内心世界

喜欢它夜色一样的宁静

似皎洁的月光抚照

让自己沐浴于这样的温馨

我希望心灵

可以像月光一样晶莹

饱蘸生活的颜色，去记录

世间的喜怒哀乐及自己的蛩音

每当这时候，我的陶醉

总想与谁共情

但我知道，幸福的感觉雷同

但解读并不相近

我在写作中看到自己

文字是一面铜镜

照出我的幼稚、成长和快乐

还有许多人伴我幸福同行

恬　静

石路、黛瓦、青墙

从遥远的岁月里走进图画

翠叶轻摇陶渊明的诗句

水牛悠闲踱步

树荫下恍惚藏着我的过去

背影一如荷锄农夫

正用辛劳换取一份朴素的生活

在每一个晨曦和日暮

空气中弥漫着恬静的气息

山峦卧听田野的吟诉

远离喧嚣的日子

依然充满眷恋

那条村路

一直在我心中留驻

炊烟袅袅氤氲着农舍

像极了外婆家的每一处

酢浆草

小河畔

一簇酢浆草

粉色的花瓣羞涩地笑了

酒窝随风飘散

水清处

一段旧情愫

轻轻摇动它美妙的影子

宣示它神秘的存在

风吹过

带走淡淡的心事

顺便将雨留给叶子的几滴泪珠

拭干

蝉声起

夏日的空灵

撞进静谧的心境

如此，一份安宁

碎月光

静谧的夜晚

嫦娥布施的白银

被风悄悄摇散

碎影斑驳

我的心，也曾

被另一颗心击中

如一阵风吹过

心湖荡漾

月光抚摸沉睡的记忆

如梦如幻

窗外

夜幕深暗

换一个角度望远

月光是一整张洁白的被单

今夜无眠

缝补碎裂，思绪万般

桃　花

你笑了，我醉了

蜂儿甜蜜着

春天被一朵花点亮了

水涟漪，花烟雨

云烟氤氲着

你羞涩地娇嗔，聚焦的眸子如星闪

风轻拂，爱生意

谁是你情郎

为何颔首低眉，却又顾盼生姿

春之梦，恋之情

多想留住你

落英缤纷，写满你的离殇

睡　莲

睡莲醒了

撩起神秘的面纱

水面如镜

我的心事，也无处躲藏

昨夜的雨

落进你梦里的海

也叩开

我虚掩的心扉

你的开合，均附着一股灵韵

禅意清风拂面

一池碧绿被触动心弦

情意绵绵

多想和你一样

将心事藏于深水

随渐渐消失的涟漪

又回归一片平静

遐　想

阳光在午后躁动起来
风蹑手蹑脚地离开

知了一个劲儿地抱怨
蜂儿依然舍不得那燃烧的花之焰

白云享受着闲暇，湖面闪烁着星光
我坐在树下漫无边际地遐想

没有目的，全凭心情
尽量往好的一面，开心地想象

诗和远方

大自然的每个季节

都是一场梦

人生的每个阶段

也是一段接续的旅程

生活是一部连续剧

在梦里时

在醒来后

在遥望中

温饱后的知足

一针一线的缝补

被一句心灵鸡汤撩拨的亢奋

于一地鸡毛中寻得片刻安宁

春天的花朵

秋天的果实

起落、悲喜、晴雨，无不都在抒写

我的诗和远方

听童话故事

一个小女孩
向我讲述叶圣陶的童话故事
表情像微笑的花朵
眉目间跳起欢乐的舞蹈

时间的痕迹

我如沐春风
随她走进故事里的花季
小溪、露珠、花草、鱼儿、青蛙
船儿扬起白色的风帆
大自然的物语
是一只只小鸟飞向白云蓝天

那一刻，我看见了从前
唤醒了那段
几乎忘却的记忆——
我的童年

清晨问答

清晨，我问鸟儿，为何如此快乐

鸟啼停顿，它思索了片刻

便又接着婉转啼唱

歌声里听不出一丝忧伤

我问树木，为什么沉默

是等风吗？树不出声

许久，我想出了它不言不语的理由

静默，是对心情的陶冶

我问晨光，怎么也变得柔和起来

它压低视角，用调整后的姿态告诉我

发热，是它的本能

控制情绪，才是真本事

我问自己，还有什么不满足

人生烦恼如丝

看淡，一切随缘，随遇而安

心顷刻像一朵花，笑开了颜

永不消散

恋爱过，分别过
可以回忆，但不能回味
你浅浅的一笑
我却要用一生去忘记

人生如此，有时需要放下
痴情的人，将煎熬埋在心底

未来某一天
我们或许会再次相遇
或再次相爱，或形同陌人

细数这一生
最美的愿景不是成功或富贵
而是恪守初心
永不消散

第十三辑　时间隧道

午后的阳光，斑驳了树影

像从时间隧道里，传来影影绰绰的

歌唱。晚钟回荡，在湖山

敲响，一个白昼被黑暗悄悄吞噬

时间隧道

晨雾，被阳光轻易洞穿

仿佛一段时间，大脑迅速

掠过记忆的海

伸手，抓不住那流逝的瞬间

午后的阳光，斑驳了树影

像从时间隧道里，传来影影绰绰的

歌唱。晚钟回荡，在湖山

敲响，一个白昼被黑暗悄悄吞噬

夜深了，月光洒满窗台

照亮了内心的孤独与迷茫

落叶轻舞，在时间的长廊中

久久徘徊

夜空深邃，黑得像一条隧道

闭上眼睛，就能感受到时光在流转

昨天，今天，明天

过去，现在，未来

时间，你真的有一条隧道吗

为什么，许多事

总会从某个地点、某个时段喷涌而出

呈现眼前

老虎的迷惘

——读豪尔赫·路易斯·博尔赫斯的《老虎的金黄》

一

夕阳，披着老虎的金黄

璀璨而迷人

那珍贵的秀发也泛着金色

美丽得令人心醉

神话、史诗，还有生活

都穿越时空，在这里相遇

初始的金黄

充满了灵魂的呼唤

流逝的岁月未能让它失色

更加闪烁着宇宙的奥秘

阿波罗驾着金车神采奕奕

夕阳在老虎的背上定格

而老虎眸子深邃

于女神也愁眉不展的冬季

寻找生机勃勃的轮回

撑过萧条的煎熬

没有恐惧

二

落日金黄，一切都是那么美好

难以置信，那笼中的老虎

步态从容如诗

眼神弥漫着孤寂的困顿

诗人的眸子里

斜阳早已昏黄

梦的隧道如此真切

如老虎金黄色的纹路

灵魂在密林的掩护下独自游荡

存在犹如一个谜团

如梦，在每一个瞬间闪现

在这个森林里

一切都是那么神秘

飘荡的雾气

时间的痕迹

像在撒开一张纱网

不需要刀光剑影的回忆

只顾在黑夜里堆砌黎明的文字

三

在睡梦里，谁也不知道自己是谁

所有事情都那么模糊

但又不由自主地沉醉其中

哦，威猛剽悍的虎啊

一直在囚笼与森林之间徘徊

还有那深不可测的欲望

冰冷的铁栏、枯萎的森林

疲倦的眼帘闭上，溢出悲情的色彩

是在沉思吗？还是在遥想

铁栏之外看不见的地方

有无垠的原野

茂密的森林

老虎金黄的条纹炫耀着与生俱来的

王者风范

却演绎了一段相悖的生命之旅

透着对宇宙、对生命、对命运的感悟

那金色的夕阳

如锐利的眼神

让人沉醉，难以平静

时间的痕迹

母亲的六月

江南六月的洗礼

缠缠绵绵

心潮湿了

母亲的声音

从我的眼眶溢出

一同落进

爱的雨丝

如果六月可以重来

我选择不再远离

省却

千山万水的遥望

叶上明亮的眸子

莳花温柔的笑脸

都脉脉含情，穿透时光

父 亲

我想对您说

但您已听不见

时光匆匆，世界在变

我要对您倾诉的话一直未改变

我知道，即使您听不见

但我的心跳

会通过某些暗物质

与您的感知相连

如果可以回到从前

我一定毫不犹豫

把藏在心中对您的崇敬

大声说出来

您的热血、您的沉默、您的微笑

在我的生命中奔涌

过往的一切早已隐入尘埃

您的爱依然那么温暖

时间的痕迹

今 天

—— 写在中国共产党建党一百零二周年纪念日

今天这个日子

思绪，会穿越时光隧道

去寻觅

一百零二年前点燃的那抹

星星之火

目光，会在沸腾的思绪里

凝视那片

已燎原成血色般殷红的灿烂晨曦

历史，用几度沉浮又顽强崛起的

轨迹，诠释了一个东方民族

不屈的意志和坚忍的性格

披荆斩棘

筚路蓝缕

同时，也向人类捧出

一个真理

一条道路

一面旗帜

在这个日子，我用心书写
心中的爱
用热血，用灵魂，用忠诚
去共铸祖国的未来

"七一"颂歌

历史将铭记一个伟大的政党

不朽的诞生日

以及，他的荣光、他的伟业

红船点燃的星火

照亮了中国

开天辟地如旭日东升

伟大的引领

让每个人心中的热血

燃烧奔腾。一个古老的民族

从此，在东方昂首屹立

峥嵘岁月的风暴

席卷了黑暗。航船驶向

宽广而无垠的海洋

世界在注视我们

前行的步伐

高山巍峨，江河奔涌

"七一"的荣光

将永远照耀新的征程

承载起

国家强盛的希望

时间的痕迹

庆祝建军九十五周年

清晨的第一缕阳光

照耀着军旗

人民的队伍

步伐铿锵

军歌嘹亮

岁月的长河永远铭记着

南昌起义的枪声

长征的壮丽史诗

"三八线"上的硝烟

卫国戍边的日夜

每一道红色的记忆

都是刀光剑影在披荆斩棘中

留给后人的铁印

映出英雄们

伟岸的身躯，铸就

铁血军魂

远去战鼓的轰鸣犹在耳畔

九十五载辉煌刻于心中

让我们一起缅怀英烈

用心灵之笔

写下建军节的诗篇

时间的痕迹

祖　国

——写在"抗美援朝"胜利 70 周年纪念日

一

曾经

我们的祖国饱经沧桑

又遇烽火

硝烟弥漫在鸭绿江畔

母亲擦掉眼里的泪

父辈重披战袍

用血性

冲锋陷阵

北风呼啸，征程如铁

信念铸成坚盾

每一颗燃烧的心

都化作无穷的勇气和力量

生命和鲜血

融入如画江山

祖国的尊严

与胜利的旗帜一起飘扬

二

勇士们的浴血奋战

换来了祖国的长治久安

荣耀亘古相传

我们奋斗不止

岁月凝结华章

七十载光阴

又有多少英雄豪杰

续写着无上荣光

一路砥砺向前

万众一心，百折不挠

任凭逆风急雨

祖国迎来了春暖花开

铭刻于心的历史

融化在红色的基因中

金戈铁马

永远被传颂

三

历史留下永久的印记

任凭风云变幻

我们的信仰不变

向着伟大梦想奋力疾驰

一路高歌，谱写我们的凌云壮志

让岁月见证

我们的壮举

以国为家

以人为本

人民至上

昂首屹立于东方

今天，我们共同缅怀革命先烈

就是要不断地唱响爱国主义的旋律

起来！不愿做奴隶的人们

致敬岁月

逝去的岁月里

储存着

一个民族血泪与反抗交织的记忆

记录着

革命先辈点燃信仰的火种

响彻着

仁人志士前仆后继勇往直前的高歌

血染的风采

绘就祖国今天的神采飞扬

如今的岁月

人民坚定地描绘彩色的梦想和渴望

信念的堡垒

凝聚着力量

彰显出东方价值的意蕴

我致敬岁月

这一切，永远不会散落成

记忆的碎片，它们已珍藏在

华夏儿女的灵魂深处

成为奋斗的激励

时间的痕迹

红星路的花海

花海，淹没了一整条街

泪花像闪烁的星光

悼念的人

心里泛起一片悲情的海

深秋的风吹在脸上

有你的亲切

你的忧虑

还有你的爱及深情

一颗突然停止跳动的心脏

装着苍生

会永远在人民心中搏动

花海、心海，一起在风中诉说

此刻，我不想说一句话

只想做花海中的一朵

默默为你送行

这个世界

美丽的西子湖畔

一株高大而茂盛的香樟树下

各类摄像头围成一个圈

上仰的角度也各不相同

几只松鼠快乐地上蹿下跳

在同一株树，不同的枝上

我也摁下快门

镜头里不仅有松鼠

还有快乐的人群

树叶也快乐地飒飒作响

我们可以与动物和谐相处

人类世界的某处却还飘着硝烟

家门口的亚运会

一场亚洲的体育盛会

一座融汇了古典美与现代美的城市

一泓明珠般亮丽的西子湖

一条奔腾潮涌的钱塘江

今天，人们都在我的家门口交汇相拥

团结，拼搏，荣耀，梦想

在这个舞台上尽情挥洒

创造属于自己的高光时刻

琮琮张开热情的双臂欢呼

莲莲欠下婀娜的腰身致礼

宸宸的脚步，连着祖国的心脏一齐搏动

"杭州欢迎你！"

这是这座城市的呼唤和胸怀

开幕式上的每一首歌

都跳跃着华夏儿女东方韵味的心声

星光熠熠的夜空

激情的烟花燃烧

这不仅仅是一场体育比赛

更是一场文化的交流、精神的碰撞

我们共同见证，共襄盛举

展现亚洲的风采

彰显亚洲的力量

看到亚洲的未来

啊！一场在家门口举办的亚运会

我要记录下你的盛况、你的荣光

时间的痕迹

贺杭州亚运会胜利闭幕

西子湖畔，钱塘江两岸

今夜星光璀璨，友谊的花朵绽放

古老的文明，东方智慧，不同肤色

千山万水共融通

我们一起庆祝杭州亚运会胜利闭幕

赛场上，我们是对手

竞技，角逐，拼搏精神感天动地

刷新一个又一个纪录

再现东方辉煌

亚细亚，展开雄鹰的翅膀

将奋发的种子播撒进每个人的心田

赛场外，我们是友谊的使者

共舞，相拥，欢呼，热情

千万盏彩灯

点亮千万颗火热的心

团结的火种在每个人心中燃烧

亚洲各国人民的友谊

如同千年的古树，根深叶茂

让我们铭记这一刻，用真诚和热情

传承这份美好

我们跨越种族，挥一挥手，期待下一次聚首

杭州，时刻欢迎您

时间的痕迹

第十四辑　诗画清凉峰

清凉峰啊，你的美，无法用言语描绘

细雨更是一个无尽的梦境

用心，感受你的呼吸

用笔，记录你的传奇

初　到

又到梅雨季

我走进十门峡

听泉观瀑，雾气氤氲

自然神力，缥缈仙境

引发无限遐想

湿漉漉的气息里弥漫着神秘气息

群山之巅，缭绕的轻雾

似面纱，羞涩地遮住大地的裂痕

但遮不住，水的千军万马

从缝隙中奔涌而出

山核桃的幼果依偎在大树母亲的怀里

它听着大山的呼吸

心里珍藏着成长的记忆

漫山遍野的绿衣衫

被细雨洗涤

涧水千回百转，倾诉被遗忘的传说

穿过峡谷

带走岁月的尘埃

浑厚的歌唱，献给千沟万壑

聆听它的深邃与雄阔

我的心，也一起跳跃

时间的痕迹

剑　门

一柄剑横空倒悬

劈山裂谷

一线天送来一线希望

又欲向何处

倩女寻来，幽魂不见

晴日一片云

阴天雾锁谷

心思茫然一片，雨来做伴

马哮溪从遥远的历史深处

不停地奔来

战马的嘶鸣声远去

这水、这峰，谁更悠远

索桥悠悠，心也悠悠

男儿也曾带吴钩

雾里看剑峡

恍如昨日，到此一游

龙门戏水

清晨的第一缕光
轻轻撩起山岚的纱帐
斑驳的光影交错
瞬间铺满山涧溪岩

龙门之水，似从天上来
连绵不息，像穿越了岁月
那悦耳的瀑声
赶来与我们的欢笑琴瑟和鸣

阳光像一首轻音乐
驱走阴霾，叩动快乐的心弦
我们的脸上
洋溢着春天的灿烂

泉水没过脚背
涟漪于心中泛起
倾情地向山水说句心里话
清凉峰，你听到了吗

潭边的石像群，见证了岁月沧桑

它们用沉默诉说的

一个又一个故事，都已随风飘散

而我们的故事，才刚刚开始

山雨忽来

雨后初霁，渐渐晾干了山的躯体

山径如同一条睡龙

缓缓苏醒

蜿蜒，通向幽深

碇步桥的琴键上

每一步，都奏出清凉的惊喜

龙门喜笑颜开，石长城高耸入云

云溪低鸣，溪中的石头会唱歌

一场骤雨忽来

像来赶赴一场热闹的聚会

山的呼吸、雨的喘息

共同编织着一个故事

朦胧的诗意，于苍翠中氤氲

身处清凉忘却尘埃

湿了衣衫，涤荡了胸怀

把快乐点缀在绿意仙境之间

清凉峰啊，你的美，已无法用言语描绘

雨中更像一个无尽的梦境

用心，感受你的呼吸

用笔，记录你的神奇

山中之夜

夜色浓下来，悄然涂染着清凉峰

月光藏匿起来，无动于衷

黑压压的天幕下

偶尔一声蛙鸣，短暂而急促

像静默的山脉，长吁一声

沉重的叹息

凉意如风，挟着山间的清新

我静听山的细语

只有在这样黑暗的夜晚

轰鸣的涧、潺潺的溪

才是山的心音。山的心事

谁懂

远村星星灯火，似萤火虫闪烁

点不亮大山，可以点亮自己

这清凉的夜晚，雨歇

万籁俱寂

我伸手，捕捉虚无

时间的痕迹

只留下指尖的凉意，与无尽的沉思

清凉峰孤寂地睡了，去延续

一个从古至今的梦境

我能感受到

苍穹深邃处，有无数双眸子

一直在凝望着我们

夜晚清凉，心头温暖

云水间

云水之间，千年秘境，谜一般深藏
风吹过，深不见底的潭，涟漪四起
奔涌着一种虚张声势的宣泄
阳光下，坦露出仰望的心态

云，轻盈地飘，洁白似雪
于苍穹俯瞰万物，仙逸如隐士
照见水中的自己，在另一个世界
天上地下，却又如此相近

那永不停歇的潺潺溪水
如同时间的脚步，追寻着远方
当化作气体缓缓上升，与云儿相拥
是否又回到了曾经的模样

我是一粒尘埃
游移于云水之间
梦想着，有一天
像云一样自由，像水一样坚强

清凉峰

你藏身于群山深处

重重叠叠的云岚，遮住你的真容

也护住了清凉的世界

晨风越过群峰

与我远眺的目光互致问候

只觉清凉，不见峰

你，峰巅触天，云雾为裳

身影宛如一个谜

当飞鸟在你四周划过一道道弧线

清脆的歌声

唤醒了沉睡的森林

你见证了，大地的初醒

晨曦微露，你披上金色的霞衣

万物苏醒了，向你朝拜

山间清泉，开始叮咚

洗涤疲惫，净化尘埃

此刻，我愿是

一泓泉、一缕风

清凉峰啊，你是我心中的圣地

我踏上蜿蜒的山径

每一步都在与你对话

每一步，都更接近你的内心

即使我忘却了时间

也忘不掉，你的神秘

石长城

我抬起头，瞥见你高耸入云端

心中涌起一丝难以言说的

感动

静默的石墙，于雾霭中

若隐若现，你用坚守

在岁月长河中，沉淀下朦胧的诗意

你见证了无数历史的片段

风吹过落在你身上的枝叶

如同古老的低语

诉说着千年的秘密

当你的身影，在余晖中逐渐模糊

我心中却涌起一片无边的遐想

山间灯火，若星辰

你的每一道轮廓，都在朦胧中

透露出一种威严与庄重

冷峻与坚韧，也在我心里

砌起一道绵延的长城

当阳光再次照耀大地

雾霭散去，留下一片清晰

你依然是那座高高的石长城

静默而孤独

我珍惜与你相伴的时光

感受着其中的美好与神秘

时间的痕迹

诗情画意

溪水弯弯

将岁月轻轻拉长

山峦间，绿意盎然

极目，皆是风景的画卷

静谧清凉，于幽深处缓缓飘来

暑热随之沉淀

碧潭飞瀑

心灵，随之荡漾

世事纷扰

顷刻皆成过眼云烟

于心中展开一幅画布

以瞳孔作画笔，在这云雾中渲染

任诗意在山水间流淌

每一处，都是一幅绝美的画

每一景，都可吟出一首动人的诗

我沉醉于此，仿佛置身于仙境

那片云，如同仙子的裙摆

在阳光下闪耀着七彩

我从这片山水的宁静和喧嚣中

读懂了诗情画意

时间的痕迹

宁　静

大山里的宁静，能听见毛毛雨落地的声音

岩涧中明明奏着

溪水潺潺的乐章

我却把它当成了宁静的组成部分

因为，那是

宁静对山谷的回应

大山包容了所有的喧嚣与纷扰

把一切，交与时间的溪流

去沉淀，去净化

那块巨石，于激流中打坐

经年累月的痛，终于打磨出

一个圆润的轮廓

心的宁静，来自岁月的沧桑与沉淀

犹如万籁俱寂的夜空

亦如水一般空灵

将之融入内心，平和，波澜不惊

对生命的敬畏，送我抵达

心中的彼岸

夜幕降临时，依然细雨如丝

我伫立于涧旁

感受来自大山深处的宁静

这一刻，请忘却凡尘俗世

学一个修行者，如那块水中石

独有一片宁静，只属于我

时间的痕迹

石　缝

石缝间渗出的水

滴答，滴答

轻轻落下，像在低声诉说

留下它微不足道的

蛛丝马迹。以防岁月

将一切都悄悄抹去

每滴水珠，都有自己的故事

它们可能潺潺流过

或曾波光跃动

而此刻，正努力透过岩隙

把记忆

融进崖壁的纹理中

新绿也从石缝中冒出

它们不过是一些草根绿植

比不上苍松翠柏的高大

也无百花盛开的艳丽时刻

而盎然生机，正从心底燃起

星辰大海的梦想

再见，十门峡

来的时候，蒙蒙的雨
为我们举行了
盛大的迎接仪式
飞瀑、流泉，也表演了它们
最美的舞蹈

四昼夜，雨过天晴
该向溪泉说声再见了，谢谢
这些天美妙的演出。但为何
雄壮的瀑鸣、叮咚的泉音
今天有点呜咽

景区里的黄山松
介绍文里说它们是
会飞檐走壁的松。而此刻
它们都不规则地站在岩壁上
默致送别礼

烈阳无情地炙烤万物的耐心

我们不缺耐心，也不缺时间

但不能无视约定。按期

踏上归程，把不舍

留给下一次